JN106251

# 転生令嬢の物理無双

のばらあけみ
野薔薇明美
アルフォンス
穏やかで賢い王子。
まっすぐで力強い
ローズに惹かれている。
ローズ
子爵家の令嬢。怪力スキルを
持つ孤独な娘だったが、
明美が転生したことで
男前な中身になった。
CHARACTERS
登場人物紹介

シメオン
公爵家の子息。
ステファニーへ迫り、
ローズにシメられた。
アリアンヌ
公爵家の令嬢。
アルフォンスが好きで、
ローズを疎ましく思っている。
ナタリー
没落貴族の娘。
頭がいいが
気弱な少女。
ステファニー
ゲーム本来のヒロイン。
ローズに助けられ、
彼女のファン兼友人となる。

# 序章

気に入らないことがあると、すぐに手が出た。

街を歩いていると、多くの人から目を背（そむ）けられ、一部の人からは因縁（いんねん）をつけられる日々。

別に誰かを殴るのが好きなわけじゃない。けれど、自分が嫌だと思ったことや曲がったことを放っておいたら、何かが汚れてしまう気がした。

その結果、暴力事件を幾度となく起こし、たどり着いたのは望んじゃいなかったレディースの総長というポジションだ。

どうしてこんなことに？

私――野薔薇（のばら）明美（あけみ）は正直、理解できなかった。

それでも、自分の嫌だという感覚を無視することはできなかったのだ。

人から疎（うと）まれることには嫌気がさす。でも、レディースのメンバーは私を受け入れてくれたし、私もあいつらには心を許していた。

こいつらだけは守ってやりたい。

そんな想いを胸に抱きながら、日々を過ごしていた。

私はある時、一つの事件のせいで警察に補導されることになった。

その日は、ひどく晴れた日だった。

きっかけは、学校の教師がうちのチームの仲間の行動を勝手なイメージで糾弾したこと。

内容は些細なもので、煙草を吸ったか吸っていないか、というものだ。

私は煙草が嫌いだったし、チームの連中にも飲酒や喫煙はしないように徹底していた。

だから、教師が因縁をつけたあいつが吸っているはずはなかったのだ。

それで私は、証拠もなしに責め立てる教師に食ってかかった。

「あいつはやってないって言ってんだ」

「お前らのどこを信じればいいんだ⁉　髪の毛は染めて、成績だってひどいもんだろう！　お前らみたいなやつが他の生徒たちに悪影響を与えるんだよ！」

「……悪影響？」

「ふん！　当然だろう？　暴力沙汰程度は当たり前。他には万引きか？　売春か？　どうせ体も心も汚れてるんだろうよ！　お前らは、この社会には必要のない屑だ！　屑‼」

目の前が真っ赤になった次の瞬間、教師は地面に倒れていた。

――ふざけんな。

この言葉だけが、頭の中に鳴り響いていたように思う。

その後のことはあまり覚えていない。

一か月の停学処分となったが、私は後悔していなかった。

こんな風に、考えなしなのは昔からだ。

いつだって、咄嗟に体が動いてしまう。

そんな私は近所でも有名な不良だった。その辺で遊んでいる子供も、私を見ると電柱の陰に隠れて悪口を叫ぶ。

その日も、停学中の私を見つけた子供が騒ぎ出した。

「悪い姉ちゃんだ！　みんな逃げろ逃げろ!!」

いつものことだ。

そう思いつつ、ふと視線を向けた私を見て子供が走る。その先には道路があって、もちろん車も――

「――馬鹿野郎っ!!」

放っておけばよかったのかもしれない。けど、私はやっぱり考えなしだった。

気付いた時には子供を突き飛ばして、クラクションを鳴らしながら向かってくるバスの目の前に立っていたのだ。

私は負けるつもりなんてなかった。

バスを睨みつけ、これからやってくる運命を受け入れてなるものかと抗ったのだ。

◆

人形で遊んでいると、すぐに首がもげた。

食事をしていると、フォークやスプーンはぐにゃぐにゃになって、グラスも粉々になった。

ドアのノブも幾度となく壊し、その度に(たび)メイドから叱責された。

そんな幼少期を過ごした私――ローズは、シャレット子爵家の長女であり、『怪力』というスキルを持った化け物である。

それだけならいい。力が強いと社会で役に立つことも多いから。

でも、幼い頃の私は、スキルの制御ができないただの破壊者だった。

意図しないところでスキルを発揮させては、物を壊す毎日だ。

迷惑を振りまく子供。それが私……


友達もできず、外に出ることも許されず、私は寂しく過ごしていた。

もちろん、両親は私のことを心配してしてくれていたのだ。もし、力を制御できないせいで人を傷つけては犯罪者になってしまう。

私がいつも通り過ごせるよう、両親は一生懸命やってくれていた。

そんなある日。珍しく外出を許された私は、馬車の中から一人の少年を見かけたのだ。

その日は大雨だった。それも、とてもとても激しいものだった。

だから地盤が緩んでいたのかもしれない。風が強かったせいもあるだろう。

一本の木が少年めがけて倒れようとしていたのだ。

私は咄嗟に馬車から飛び降りて走った。雨は石礫のようにぶつかり、泥は枷のように足にまとわりつく。

けれど、私の『怪力』を止めるには至らない。

私は無我夢中で、倒れ込んでくる木を手で弾いた。木は明後日の方向に飛んでいき、驚いた少年が地面に尻もちをついて私を見上げる。

「だ……大丈夫ですか？」

「あ、あぁ。ありがとう」

たった一言。

でも、ありがとうと言われたことが、嬉しかったのだ。

自分にもやれることがあるのだと思えたその出来事が、私の心のよりどころだった。

しかし、それだけを支えに生きていくにはきっと私の心は弱すぎたのだ。スキルを制御できないという負い目から、精神的にもやせ細っていった。

力はあり余るくらいなのに、どうにも生命力が湧いてこない。

年齢を重ねるにつれてその状態は悪化していく。何もしたくないし、動くのもひどくつらかった。

両親はそんな私のために医者を呼んだりと手を尽くしてくれたが、どうにもならない。二人は誤魔化していたけれど、きっと、先は長くないだろう。

十五歳になり、行きたかった学園に入学できる歳を迎えて、この有様だ。

どうして私がこんな目に!?

どうせ死ぬなら、もっと世界を楽しんでから死にたかった!

けど……死の運命からは逃れられない。

弱い私の心なんかじゃなく、強い心が私の体に宿っていれば。

そんな人生だったら、何かが違ったのだろうか。

『怪力』というスキルに押しつぶされない、強い心が私にもあれば。

未練を残しつつ、私はそっと目を閉じる。

私の心が消え去った後に、どうかお願い。強い心が宿り、代わりに人生を謳歌(おうか)してくれますように。

そんな屈折した想いを抱きながら、天井から吊るした縄をそっと首にかける。そして、私は両親への謝罪の念を抱きながら、生にしがみついていた手をそっと離した。

◆

少女が目を開けると、そこにはバスはいない。代わりに見覚えのない室内の光景が視界に飛び込んできた。

咄嗟のことで全く状況は理解できなかったが、とりあえず、普段なら絶対に着るはずのないひらひらしたドレスを着て、絵本の中でしか見たことのないフリフリのレースがついたベッドに座っていることはわかった。

茫然と眺める室内には、およそ自分の趣味とはかけ離れた可愛らしい家具や装飾品が並んでいる。

そこでようやく体に違和感を覚えて、少女は自分の掌を見つめた。

「……綺麗な手だ」

細く華奢な手だ。

少なくとも、日々誰かを殴っていた手には到底思えなかった。

わけもわからず手をにぎにぎと確かめていると、視界の端に赤い何かが映り込んだ。

咄嗟に掴んだそれは、髪の毛だった。

——誰のだ？

そんな疑問を持った少女はとりあえず引っ張ってみる。すると、痛んだのは自分の頭だ。

「は？」

少女は、元々地毛を伸ばしていただけで染めたりしたことはない。やや色素の薄い黒髪だ。

だが、今目の前に見えている髪の毛は真っ赤だ。

まるで赤いバラのようなその赤は、見ていて目が眩みそうなくらい輝いていた。

少女はおもむろに立ち上がる。

そして室内を再びぼんやり眺めていると、部屋の扉が開いた。

入ってきたのは、やはり見覚えのない、白と黒のメイド服を着た女性だ。

「お、お嬢様⁉　た、立ち上がっても大丈夫なのですか？」

「あ？　誰、あんた」

「へ？　あの、お嬢様？　その話し方は⁉」

「何よ。話し方に文句でもあんの？」

少女の問いかけに驚いたメイドは、すぐさま頭を下げて部屋から飛び出ていった。

「も、申し訳ございませんでした‼」

それを見送る少女を、唐突に頭痛が襲う。同時に、頭の中に靄（もや）がかかり、何かが混ざり合うような感覚が生じた。

「くそっ、痛い……どういうことよ、これ。あの馬鹿ガキはどうなったの……」

困惑する少女――野薔薇明美は、理解できない現状にただただ困惑していた。


メイドが去った後、しばらくすると、一人の婦人が訪れた。

最初は泣きながら少女に抱き着き、喜びの声を上げていた女性だが、次第に表情を曇（くも）らせていった。

「一体どういうことですか……？　ローズが命に別状なくベッドから起きてくれたのはいいことですが……これではまるで別人ではないですか」

そう言って、たくさんの質問を少女に投げかける。

「は？　知らない」

「聞いたことねぇ」

「どうでもいい」

などと返答する少女に、婦人は顔を蒼白にさせ慄いた。

「きっと、今回の件がきっかけとなり命と引き換えに貴族としての何かを失ってしまったのですね……。可哀相な子。でも、大丈夫です。言葉遣いや仕草は後からいくらでも身につけられますから！　元気になったこの子に、私は親として厳しく接しなくては!!」

まだ若々しく、中年と呼ぶには憚られるその女性は、目に炎を宿していた。そして、少女をきっと睨みつける。

——なんでそんな怒ってんだよ。

少女はそう思いながら、厳しい声を発した女性を眺めていた。顔をしかめ胡坐をかき、腕を組みベッドの上に座った状態で。

「知らないよ。っていうか、あんた誰？　ここはどこなの」

「なんという言葉遣いでしょう！　ローズ！　子爵家の娘として恥ずかしいにもほどがあります！明日は入学前の夜会があるのですよ？　それほど快復しているのなら行けるかもしれないのに、そんな態度ではどれだけ恥をかくか！　貴族として生まれたのなら、それにふさわしい態度や言葉遣いがあるでしょう!?」

明美がぼんやりと女性を見つめていると、ようやく頭の中の奇妙な靄が晴れてきた。自分でも、だんだんと混乱から抜け出していくのがわかる。

知らなかったことが、徐々に頭の中へ浸透し知識として身についていく感覚。

あぁ、目の前の女性は自分の母親だったなぁ、と明美——いや、今はローズだ。そう、ローズは一人納得した。

それと同時に、自身のことも思い出していく。

そういえば、自分——ローズは外見には恵まれていた。

深紅の髪は情熱的で、端整な顔立ちに似合っており、均整のとれた肢体は女性も憧れるようなもの。

だが、発せられる言葉はおよそその外見にふさわしくなく、話せば話すほど母親は怒りを募らせていく。

「こんなこともあるの？　確か、バスに轢かれそうになって、それで——」

自分は、子供がバスに轢かれそうになったその時、思わず子供を庇った。

そのままバスを睨みつけていて、気付いたらこの有様だ。

自分が野薔薇明美という人物だったのはわかる。しかし、今はローズ・シャレットという子爵家の令嬢であることもわかる。

そして、元々ローズ・シャレットだった人物がこの体の中にはもういないことも。

自分が彼女の体をもらい受けたということも。

彼女には、不思議とわかってしまったのだ。

これは転生。いわゆる生まれ変わりというやつだ。

レディースのチームの後輩が、そういった漫画が好きだとかなんだとか言っていたのをふと思い出す。

同時に、明美は死んでしまったのだと理解した。

頭にある明美の記憶は、かつて明美だった自分の記憶なのだ。

「なら何か？　私は生まれ変わって、貴族として生きていかなきゃならないってことか」

「またその言葉遣い!!　シャレット家の娘として恥ずかしくないのですか！」

キャンキャン叫ぶ母親を疎ましく思いながら、ローズは頭をかきむしる。

——どうすりゃいいんだ。

という困惑が、彼女の頭を埋め尽くしていた。

◆

「では……次です。我がブリエサンド王国の爵位の制度について、そして当家の爵位について述べなさい」

「我が家は子爵家で、公爵、侯爵、伯爵の下の爵位であり、国を支える重要な役割を担っております。下には男爵家、騎士爵とあります」

「はい、よろしい。頑張りましたね。もうこんな時間ですし、おしまいにしましょう。急に気が触れてしまったかと思いましたが、これで一安心です。明日の夜会は存分に楽しんでいらっしゃい」

ぎこちなくほほ笑みを浮かべるローズ。

明美の言葉遣いはひどいものだが、記憶にあるローズの知識を使えば、それを直すのはそう難しいことではなかった。

何せ、母親が「このままでは家に監禁する」、「きちんとした言葉遣いをしなければ食事抜き」などと恐ろしいことを言っていたから、どうにかするしかなかったのだ。

だが、ローズの悪夢はそこで終わらなかった。

言葉遣いに始まり、礼儀、作法、ダンスや令嬢としての教養。

それらの知識は持っていたし、体にはその動作が染みついている。

しかし、明美としての記憶が邪魔して、うまくできなかったのだ。

ローズの母は、それをなんとかしようと躍起になった。

その扱きは鬼の如し。

――それにしても、ローズの記憶があって助かった。なかったらどうなったか……

そう、元明美、現ローズは心の中で独りごつ。

元々、彼女――明美は細かいことにはこだわらない性格だ。

別に、誰からどう思われてもよかったたし、放任主義だった両親からも何も言われることはなかった。

だから、レディースチームを作ろうと誘われた時も特に何も思わなかったし、自分が大事にしている連中が傍にいればそれでよかった。

そんな彼女なので、こうしてローズの体に自分が飛び込んだことも、そういうこともあるのか、といった軽い受け止め方をしている。

もちろん混乱はした。が、体が変わったからといって、自分が自分であることは変わらないし、やることも変わらない。

気に食わない相手は殴りつけ、大事だと思ったことを死んでも守る。

小さい頃からそうやって生きてきた明美は、ローズになった今も同じように考えていた。

言葉の矯正のためにローズの記憶にすがる行為が、混乱を整理するのに一役買った面もあったかもしれない。

過去の記憶を振り返ることで、今の自分と明美との差異を明確にし、ローズについてより理解することができた。

だから、明美はローズのことを思い、やりたくもない貴族のまねごとをしているのだ。

ローズは不憫な少女だった。

生まれながらにして授けられた力——スキルが『怪力』だったばかりに。

普通ならば体験するべき喜びや楽しさなど、何も感じずに過ごしてきたのだ。

せっかく学園という、ローズが楽しみにしていた場所にもうすぐ行けたというのに。直前で未来を手放すくらいつらかったのだろう。

他人の気持ちを自分自身のこととして感じ、悲しみを覚えるという貴重な体験をした明美は、そんなローズのことを不憫に思った。そして、せめて代わりに自分が少しでも楽しませてやれたらと思っていたのだ。

レディースにいたからと言って、彼女自身の本質は凶悪なわけではない。

他人の気持ちを汲もうとする程度の優しさは持ち合わせている。

言葉遣いを矯正しながら、そして記憶を整理しながら、明美はローズとして、彼女の想いを果たすために生きていこうと決意したのだ。

そういった思いで断行した淑女養成コースは明け方まで続き、ようやく母親の合格をもらえた。

「いいでしょう……では、行ってらっしゃいな。何があったかは、また聞かせてちょうだい」

「わかりました、わ。お母様」

ローズは、凝り固まった体をぎこちなく引きずりつつ、とりあえずは夜会までは寝ようとベッドへと倒れ込むのであった。

◆

夜会。

それは、貴族の嗜み。

そして、今夜開催される夜会は、ローズや彼女と同じ年齢の貴族の子弟にとって学園入学前のお披露目とも言える場だ。

ここである程度、周囲とのコネクションを作っておけば、学園での生活も楽になる。さらには、家にとって有利な関係性が築ける場合もあるらしい。

だからこそ、この場に気合を入れる者は相当いた。

もちろん、ローズも気合を入れている。

といっても、他の面々とは違う理由――初めて見る色とりどりの料理に目を奪われていたのだ。

そもそも、ローズは引きこもりでろくに貴族の顔も名前も知らない。コネクション作りに気合を入れられるはずがなかった。

美味しい料理に感動しつつ、それを口に詰め込むローズ。彼女の周りの人々は、それを白い目で見ている。

そんな中、会場の一角で不穏な空気が流れていた。

「ねぇ、君、可愛いね。どこの家の子？　あぁ、ステファニー・アヴリーヌというのか。男爵家だったかな？　あ、僕はね、シメオン・グリエットだ。もちろん、グリエット家は知ってるよね？　この国に三つしかない公爵家の一つさ！　君を一目見た時から可愛いなって思ったんだよ。だから、ちょっと抜け出してみない？　君も悪い思いはしないはずだよ？　だって僕といい仲になれれば、君の家も喜ぶに違いないさ！　だから、ほら、こっちに来いって！　言うこと聞けって言ってんだろ⁉」

「や、やめてください！」

必死に抵抗する少女と、乱暴に口説く男。どちらもローズと年が近いだろう。

少女が嫌がっているのは明らかだ。

空気を読まずに馬鹿なことをする輩は、どこにでもいるものらしい。

口に肉を頬張ったまま、ローズは騒ぎの中心を見つめていた。

そして、その肉を力強く咀嚼した瞬間――彼女の眼差しがいっそう鋭いものに変わる。

「お前！　俺に逆らうとどうなるかわかってんのか⁉　いいからこっちに来い！」

「嫌です！　どうして私が言うことを聞かないといけないのですか⁉」

「それは俺の家が公爵家だからさ！　逆らうならお前の家くらいすぐに取りつぶしてや――」

男は言葉を止めた。

自分に近づく殺気に気付いたのだ。

振り向くと、そこにはローズがいた。

彼女の表情を見た途端、シメオンはびくりと体を震わせる。

「どこの世界にも最低な野郎はいるんだな……。覚悟して？　嫌がる女を無理やりどうにかしようなんて、男の風上にもおけない」

ローズはそう言うと、拳をぽきぽきと鳴らしながら、シメオンへさらに歩み寄った。

「な、なんだ！　貴様は！」

彼女の姿を、シメオンは顔を歪めて睨みつける。

公爵家の息子がすごんできたら、普通ならば怯んでもしょうがない。

だが、ローズは怯まなかった。

公爵家という存在に逆らったらただでは済まないとは、彼女も理解している。

このローズの肉体が鍛えられておらず、思うように動かないのも知っている。

けれど、彼女が止まる理由にはなりえない。

嫌がっている女に男が乱暴している。

それは、彼女にとって許してはいけないこと。そのようなことが目の前で起こっているのを、ただ見過ごせないだけなのだ。

「私はローズ……ローズ・シャレットです」

「シャレットだと⁉　はっ、たかが子爵家の令嬢が俺になんの用だ！」

「その行動は目に余るかと。さすがのグリエット家といえど、あまりハメを外すのはいかがなものでしょうか」

シメオンはローズの言葉を聞き、額に青筋を浮かべる。

「お前……この僕に意見をするつもりか？　この！　公爵家の嫡男である僕に⁉　たかだか子爵家の令嬢風情が、意見をするだと⁉」

「意見？　いえ、注意です」

ローズはまっすぐシメオンを見つめていた。

その視線の先にいるシメオンはというと、彼女の言葉を聞いて笑い声を上げる。

「ははっ！　面白い冗談だ！　お前はなんの権限があって僕に注意をするんだろうな！　こんな世間知らずが今どきいるだなんて！」

大笑いした直後、シメオンは表情を消すと低い声でローズに告げた。

「このまま学園に入って無事でいられると思うなよ」

あからさまな脅し。

周囲の人々は、その言葉の意味がわかっているのだろう。青ざめながら視線を外すことしかできない。

ローズはそんな様子を見つつも、一歩も引かなかった。

なぜなら、シメオンに腕を掴まれている少女の顔が、恐怖に染まっていたから。彼女の視線はローズをじっと見つめており、濡れた瞳は明らかに助けを求めていた。

「……屑が」

「あ？　貴様、今なんて言った？」

その言葉に、シメオンは少女の腕を離してローズに詰め寄ってくる。だが、そんな彼に臆することなくローズは口を開く。

「屑だと、申しました」

「な……何を言って」

あけすけな言い草に、シメオンだけではなく、傍観している人たちも驚きで目を見開いた。

まさか、あのグリエット家にたてつくなんて。

皆の表情は、そう強く語っている。

「お前、自分が何を言ってるのかわかってるのか！　あぁ、そうか。引くに引けなくなってるんだな。そうか、そうか。そういうことなら、僕も譲歩してやらんでもない。ほら、そこではいつくばって靴を舐めろ。そうしたら許してやっても――」

「……屑以下のど畜生」

シメオンの言葉を遮り、ローズは冷たい視線を向けながら呟く。

当然、その言葉はシメオンも聞いていた。侮辱された怒りからか、彼は無表情になっている。

そして、腰にさしてある細剣をおもむろに抜き、その切っ先をローズに向けた。

「温厚な僕でもさすがに我慢ならん。もういい。あとでどうにでも誤魔化せる。だから……だからな。お前はここで死ね」

ゆっくりと近づいてくるシメオン。

彼は、抜いた剣を振りかぶると、ローズめがけて振り下ろす。

だが、彼女が引くことはない。じっと、シメオンの目を見つめていた。

「ダメぇ!!」

シメオンに絡まれていた少女が叫ぶ。

それに呼応して、会場全体が騒然とした。その時――

「シメオン！　馬鹿な真似はよせ!!」

ローズの前に躍り出た一人の少年が、叫びながらシメオンの剣を自らの剣で受け止めていた。

「くっ、邪魔をするな、アルフォンス」

「罪もない女性を斬るなど、グリエット家でもただでは済ませないぞ！」

「うるさい!!」

ローズを放っておいて、シメオンと、アルフォンスと呼ばれた少年が言い争っている。

しかし、そんなことはローズには関係ない。

彼女はアルフォンスの横をそっと通り過ぎ、すれ違いざまに声をかけた。

「助かった」

「え？」

まさか、ここでローズが前に出るなど思っていなかったのだろう。呆気にとられたような表情のアルフォンスを後目に、ローズはシメオンに近づいていく。

一方、シメオンは近づいてくるローズを見て歪んだ笑みを浮かべる。

「はは！　そんなに僕に殺されたいか!?」

「黙ってな。舌、噛むよ」

「は、はぁ？」

その物言いに困惑するシメオンは、ぽきぽきという音を鳴らしながら近づいてくるローズに訝しげな声を上げた。

「いい加減、その汚い口を閉じろ！　何度も言うが、僕は公爵家の嫡男！　シメオン・グリエッ――ぐぇぇぇぇ！」

口上が悲鳴に変わる。

ローズはシメオンの言葉など聞かず、その股座を蹴り上げていた。

その場にいた男性は皆、シメオンと同様に股のあたりを押さえて悶絶し、女性たちは恥ずかしそうに顔を赤らめる。

「女は守るものだろう？　それを、親の立場と力で無理やり言うこと聞かせようなんて、屑以下だ」

「ぐぅ、き、きさまは――はがぁぁぁぁ！」

ローズはスカートをたくし上げると、その細い足でシメオンの顔面に蹴りを入れた。

「私の前でその汚ない口、開くんじゃない」

彼の意識を刈りとったローズは小さく息を吐くと、絡まれていた少女に声をかける。彼女はいつの間にか床に座り込んでいた。

「大丈夫か？」

「は……はぃ」

「あなたも気を付けて。それだけ可愛いんだから。ああいう男だって寄ってくる、っと……違うな。寄ってきます。気を付けてください」

「か、可愛いだなんて……」

ローズは振り返り、アルフォンスにも声をかける。

「あなたのお陰で怪我しないで済みました。ありがとう」

「い、いや……そんなこと、紳士として当然のこと——」

「では、失礼」

ローズはそう言って去っていく。

シメオンを蹴り飛ばした勢いのまま、素の口調が出てしまったことには気付いていない。

彼女の母親に聞かれていたらきっとこっぴどく叱られていただろうが、今はそんな些事(さじ)は誰も気にしていなかった。ただただ、衝撃的な光景を生み出した少女の背中を見送ることしかできない。

残されたのは、床に倒れ込んだ馬鹿と、床に座り込んだままの少女と、抜いた剣の納めどころに悩んでいる少年と野次馬たち。

少女と少年は、顔を赤らめて茫然とローズの立ち去る姿を見つめた。

「か、かっこいい……」

「……美しい」

自覚なしに、よくわからないフラグを立てて去ったローズ。

学園への入学は間もなくだ。

◆

ローズが立ち去った夜会会場。

そこに取り残されたステファニーは、困惑しながらも先ほどの出来事の余韻(よいん)に酔いしれていた。

「え、嘘……だって。どうして?」

一番に訪れたのは困惑だ。

ステファニーはあの男——シメオン・グリエットが今日、この場で自分に絡んでくるのを知っていた。

それは決まっていたことなのだ。

あの場で、必死になって嫌がっていれば、助けてくれるはずだった。

そう。同い年のこの国の王太子——アルフォンス・ブリエが、だ。

困っていたステファニーを見るに見かねて、彼がシメオンの手から守ってくれるはずだった。

だが、実際に助けてくれたのはローズだ。

——信じられない。あのローズが。

主人公の一番の障害となり、最大の事件を巻き起こすあのローズ・シャレットが自分を助けてくれるなんて、ありえないはずだった。

なぜ、ステファニーが未来に起こることを理解しているのか。

それは、彼女も転生者であり、この世界によく似たゲームを前世で知っていたからだ。

『こんなにイケメンだらけじゃ帰れない! 恋と戦の迷宮(ラビリンス)』。どうしてここまでセンスのない名前をつけたんだと突っ込まざるをえないタイトルでいて、ゲームバランスが素晴らしくグラフィックも綺麗なそのゲームは、パラメーターシステムやスキルなどのＲＰＧ要素もあり、かなりの高評価だった。

ステファニーも前世でプレイしており、転生後、自分がそのゲームの主人公になっていることに気付いて大喜びだったのだ。

主人公は、パラメーターの鍛え方次第で習得する能力――スキルが変わる。他の登場人物のスキルは固定だが、主人公だけはある程度選ぶことができるのだ。どんなスキルがいいだろうと、毎晩悩むのも楽しかった。

ステファニーは、この夜会で中身も外見も完璧なアルフォンスと出会い、学園に入ってからも様々なイケメンに出会い、ドキドキハラハラな恋愛冒険劇を繰り広げるはずだった。

男爵家の令嬢でありながら、王太子と相思相愛になり王太子妃の座へと駆け上がっていくシンデレラストーリー。

そんな物語の主人公になったものだから、彼女は有頂天だった。

むしろ、嬉々としてシメオンに絡まれていたのだ。

だが、助けてくれたのはアルフォンスではなかった。ローズだ。

彼女は、『怪力』というスキルを持った、このゲームのラスボス令嬢。

王太子に想いを募らせ、歪んだ愛情を膨らませていった果てに彼女がたどり着いたのは、王太子を殺して自分のものにしてしまおうという仄暗い計画。その目的のためには、この国を破滅に導こうと構わないという危険な思想を持っていた。

それを阻止すべく、主人公であるステファニーが中ボス悪役令嬢との闘いで得たスキルを駆使して、ローズと対決するのがゲームのクライマックスだ。

「一体どういうこと？　ローズってもっと暗い性格で人に話しかける場面とかなかったし、あんなに凛々しく綺麗じゃなかったはずだけど……かっこよかったなぁ」

ピンチの時に助けられるというのは、非常に乙女心をくすぐる展開だ。

現に、ステファニーの胸も早鐘を打ち、頭の中はローズでいっぱいになっている。

——え？　私、恋をしているの？

こんな疑問を持つくらいには、ローズのことが頭から離れない。

「君……大丈夫かい？」

立ち去っていくローズの背中をぼんやりと眺めているステファニーへ話しかけてきたのは、アルフォンスその人だ。

とても美しく、まるで彫像のような顔立ちは、どんな女性だって心を動かされるに違いない。

しかし。

ステファニーは、アルフォンスの手を借りて立ち上がるも、彼とは目を合わせない。

すでにいなくなったローズの後を追うみたいに、一点を見つめていた。

ふと、アルフォンスが呟く。

「美しい……」

その言葉は、本当ならゲームの中でステファニーにかけられる言葉だ。

ここから、彼女と王太子、果ては多くの男性を巻き込む恋愛劇が始まるのだが……

彼の目も、ステファニーと同じ方向へ向けられていた。

「君も、そう思わないか？」

紅色に染まった顔を向けるアルフォンス。

普通なら、攻略対象が自分以外の人物に恋い焦がれている表情を見せられては気分を害するのかもしれない。

けれど、ステファニーは即座に頷いた。

自分と同じ思いを共有してくれる、同志に出会った気がしたからだ。

「えぇ、私もそう思います」

「そうか……君とは気が合いそうだ……あぁ、失礼。私はアルフォンス・ブリエだ。君の名は？」

「私はステファニー・アヴリーヌです、殿下」

「いや、そんなかしこまらなくていい。近々、同じ学び舎で学ぶ仲間になるのだから」

穏やかな笑みを浮かべてそう言ってくれるアルフォンス。

このほほ笑みに、何人の女性が虜にされてきたのだろう。

けれど、今のステファニーにはあまり関心が湧かなかった。

「彼女との学園生活はとても楽しみですね」

「ああ、そうだな」

そう言い合うと、ステファニーたちはローズが出ていった扉を再び見つめる。

今も心に残る、彼女の凛とした背中を追うように。

## 第一章

夜会から一週間後。

見上げれば雲一つない晴天。頬を撫でる風は柔らかく、思わず表情が緩む。

そんな、誰もが心躍らせる陽気のその日。学園の入学式が行われていた。

「……であるからして、君たちの学園での生活が素晴らしいものになるよう、祈っている」

髪の毛の薄い校長が祝辞を述べる。

その輝かしい頭皮に目を細めながら、ローズは大きくため息を吐いた。

ローズが通う学園は王立であり、国のすべての貴族と一部の平民が通う場所だ。

互いに関わり合う場を設けることで、より広い視野で物事を見ることができるようになることを目的としている。

ローズたちは、そこで一年間という時間を学びに費やし、王国の中心を担う人材へと成長していく。

もちろん楽しいことだけではなく、授業によっては命の危険さえあることもある。しかし、この学園を卒業することは貴族としては必須事項であり、平民にとっては名誉である。

そのような格式高い場所であるのだが、彼女はどうにも喜べない。

「また学校に通うとか最悪だ……けど、あのままお母様のもとにいるのもかなりきつかった」

こうして入学するのがいいのか悪いのか。

両面の思いで板挟みのローズは、浮かない顔をしていた。


あの日、夜会が終わって家に帰ると、母親が根掘り葉掘り聞いてきた。

それほど力を持っていない子爵家であるシャレット家は、娘のローズの立ち回りで今後が決まると言っても言いすぎではない。

だからこそ、「グリエット家の嫡男をぶっ飛ばした」というローズの言葉に、母親が卒倒したのは当然のことだろう。

グリエット家に早馬で謝罪をしに行った父と母は、特に処分なしということに胸を撫で下ろしつつも、ローズに対する扱き(しごき)をすさまじくした。

朝から晩まで、淑女とは貴族とは、という話を延々とされていたローズは、その生活から抜け出せたことにほっとする一方――

――退屈だ。

そんなことを考えていた。

というのも、母親の話だと、この学園は色々なことを学ぶ場であると同時に、様々な出会いの場でもあるらしい。

男女の出会い。そして、友人との出会い。

だが、ローズは人付き合いが得意なほうではない。

それに女性特有のドロドロした感じが苦手で、前世ではレディースの仲間といる時を除いて一匹狼だった。

男たちも、自分の行動に恐れをなして逃げていく。

だから、仲間はレディースの皆だけだった。

彼女たちは、いつも自分についてきてくれたのだ。

入学した今。ローズのもとには誰もいない。

もちろん話しかけてくるものはいたが、彼女の家名を聞くとすぐにどこかに行ってしまう。

『スキルを制御できない怪力女』というレッテルを、いまだ剥がすことができていないのだ。

やがて、退屈な退屈な入学式が終わる。

今日からこの学園の生徒たちは寮生活を送ることになっていた。

なら、とりあえず部屋に行って荷物を整理しよう。

そう思って立ち上がると、少女が視界に入る。

「ごきげんよう」

「……ごきげんよう」

ローズの目の前には一人の令嬢が立っていた。

満面の笑みで優雅なお辞儀をする彼女の名を、ローズは知らない。

「はじめまして。ステファニー・アヴリーヌと申します。先日は、危ないところをありがとうございました」

「危ないところ？」

記憶をたどると、微かに覚えがある。夜会で助けた少女だった。

「ああ、あの時の」

「ええ！　あの時はローズ様のお陰で助かりました！　公爵家の嫡男が相手でしたから皆が遠巻きにして誰も助けてくれない中、ローズ様だけが手を差し伸べてくださり、本当に嬉しかったのです！」

「当然のことです。別に気にしないでいいですよ」

普段のローズの口調は、母親の矯正(きょうせい)の成果でそれなりのものになっていた。だが、ここに母親はいない。少しばかりぶっきらぼうな言い方になってしまうのは、しょうがないことなのだろう。一応、それなりに気を付けようと思っているが、気を抜くと崩れるのだ。

「そのようなわけにはいきません！　ぜひお礼を！　そうですね、まずはお部屋で二人っきりで話しませんか!?　そう！　二人っきりで！」

「いえ、今から部屋の片づけをしようかと」

「まぁ！　奇遇ですね！　私もです！　でしたらぜひローズ様のお部屋の片づけをお手伝いしましょう！」

「えっと……一人でできるけど」

「遠慮なさらず！　このステファニー、ローズ様のためならどこまでもお供いたしますよ！　そう！　受けた恩を返すまでは、決して離れません！」

数センチ、という近さでけたたましく言葉を重ねるステファニー。

なんだこいつは、と思いつつも、ローズは顔をしかめるくらいで手は出さない。悪いことはしていないのだ。手を出す理由がなかった。

「……ちょっと、下がってもらっていいですか？」

「あ！　すみません！　気付きませんでした！」

ステファニーが可愛らしい仕草で一歩引き、顔を赤らめて恥じ入る。

男が寄っていくのも理解できる可愛さだ。

二人が話していたその時、唐突に割り込んでくる声があった。

「取り込み中、ちょっといいかな？」

その人物は、綺麗な顔立ちの王子様然とした男だ。

サラサラと光る金髪に、さわやかな笑顔は前世で見たアイドルのよう。

彼にも見覚えがあったのは気のせいではないだろう。そういえば、あの夜会にいたはずだ。

ローズが顔をやや顰(しか)めたせいか、目の前の男は少しばかり苦笑いをして言葉を続ける。

「はじめまして、と言ったほうがいいかな？　先日の夜会で、ステファニー嬢を助けていた君におせっかいを焼いた男さ。アルフォンス・ブリエという。勇敢な女性なのだね、あなたは」

そう言うと、誰もが見惚(みと)れるような笑みを浮かべる。

——あぁ、屑野郎の剣を受け止めてくれた——

ローズはぼんやりと彼の顔を眺めながら言葉を返す。

「あの時の……」

「思い出してくれたかい？」

「えぇ。ですが、ただあの男が気に入らなかっただけですから。勇敢というわけでは」

「それでもさ！　あの瞬間から、私は君のことを一時も忘れたことはない。私は君を一目見た時から、とても……美しいと思っていた」

アルフォンスが何やら話しているが、最後のほうはごにょごにょと声が小さくなり、よく聞こえない。

「よく聞こえませんでしたが……」

なぜか顔を真っ赤にしているアルフォンスは、やや挙動不審だ。

「い、いや、いいんだ！　私は、急に何を言っているんだろうか、本当に気にしないでくれ——ぇ」

聞きとろうと顔を近づけたローズに、アルフォンスは驚いて後ずさった。

彼の足元には丸い筒が落ちている。

それを踏んだ彼が、転ばないようにもがいた結果——

「え——」

そのままローズに覆いかぶさるように傾き、彼女と共に地面に倒れ込む。

「ローズ様！」

ステファニーの悲鳴が響いた。

しかし、転んだだけの二人は、特に怪我もない様子だ。それを見てほっと息を吐いたステファニーだったが、二人の体勢を理解して表情を凍らせた。

「な、なななな」

絶望を張り付けたような顔の彼女は、言葉にならない声を発している。

「いや！　違うんだ！　これは——」

アルフォンスの倒れた先。

そこには当然ローズがいて、咄嗟に手をついたらしき彼は、下敷きになった彼女に覆いかぶさっている。

それはまあ仕方のないことだ。

その手が、ローズの胸を鷲掴みにしていたことを除いては。

むんず、と自分の胸を掴むアルフォンスに、ローズの顔色は瞬時に真っ赤に染まり、驚きで目を見開いた。

「ち、ちちち、違うんだ！　ローズ嬢!!」

両手をローズに突き出して、尻もちをつきながら後ずさるアルフォンス。

彼を見下ろすローズの表情は、非常に恐ろしいものだった。

「あ……あにすんだ！　この野郎!!」

ブチ切れたローズが罵声を浴びせかけつつアルフォンスを殴りつけたのも、当然の結果だ。

アルフォンスは、その場に倒れ気を失う。

王太子相手にはありえない態度に、周囲の生徒たちは目をぱちくりさせていたが、ローズはそんなこと関係ないとばかりに怒鳴り散らす。

「なんなんだ、この野郎！　一体どういうつもり！」

「ローズ様。このような男、殺してしまえばいいんです。そうです、今すぐ殺しましょう」

不穏なことを真顔で言うステファニーに、ローズはやや引いて冷静になった。

「あなた……いや、ステファニー様は怖い人ですね」

「いえいえ、そのようなことはありませんのよ、オホホ。それより、男っぽい口調も素敵です、ローズ様」

つい口調が荒くなってしまったローズはすぐ修正したが、ステファニーにはしっかり聞こえていたようだ。少々反省しつつも、先ほどの男を思い出すと怒りが再び湧き、険しい表情になる。

その雰囲気を察したのだろうか。ステファニーは腕を組み、アルフォンスを見下ろしながら口を開く。

「ですが、当然ではありませんか？　この男は、ローズ様の胸を揉みしだいたのですよ!?　可憐で！　美しく！　柔らかそうな！　その胸を！」

「な、ななな、何を言ってるんですか、ステファニー様！　胸とか揉みしだくとか……そんなこと、言うもんじゃ……」

「いいえ！　ローズ様のお胸は崇高なもの！　いくら王太子とはいえ、軽はずみに触っていいものではありません！　むしろ私が触りたい!!」

「わけわかんない!!」

ステファニーが胸、胸と連呼している最中、ローズの顔は真っ赤だった。

周囲の人もつられてローズの胸元に視線を向けてくるので、恥ずかしくなって胸元を両手で隠してしまう。

「えっと、ローズ様？」

「胸とかあんまり言うなよ……恥ずかしいじゃん」

「ローズ様、何そのギャップ——ぐふぅ!!」

頬を染めて恥ずかしがるローズを見て、ステファニーは鼻血を出しながら後ろに倒れたのだった。


倒れたアルフォンスとステファニーを、ローズは保健室に連れていった。

そこにいた医師に二人を任せると、彼女は寮に向かう。

この学園の学生は、一部の例外を除いて寮に入るのだ。

身分とは関係なく、二人部屋。

ローズは同じ部屋になるのは誰か特に気にしていなかったけれど、さっきの疲れる出来事を考えると、静かな人がいいなと思っていた。

それほど多くない荷物を整理し始めたが、同室者はまだ訪れない。

このまま誰も来ずに一人部屋でもいいかもしれない。

そんなことを思っていると、何やら外が騒がしい。誰かが言い争うような声が廊下に響いている。

「その部屋は私の――」

「そこをなんとか！　どうか、どうかぁ――」

「でも！　寮長が認めないと――」

「寮長ですね！　でしたら、すぐにその寮長を脅して、言うことを聞かせます――」

ローズは、聞き覚えのある声に顔をしかめながら、とりあえず落ち着こうと水を飲んだ。

何やら前世の記憶を思い出してから、瞬く間に、そしてやかましく時間が過ぎていく気がする。

今日だって、入学式の後、変な女と最低男がやって来てけたたましく喚き散らしていた。

あんな風に体を触られたのは初めてだ。前世でも、今のローズの人生でも。

あんな恥ずかしい思いは二度としたくない。

再び一口水を含むと、少し落ち着いてきた。

大きく深呼吸をしていると、あの失礼な破廉恥男の顔がぼんやりと浮かんだ。

するとなぜだろう。

どこか懐かしい感覚が、ローズを包み込んだ。

記憶を掘り返そうと目をつぶるが、明確に何かを思い出すことはない。

「もっと昔にも見覚えがある気がするんだけど……」

ローズが呟いた瞬間、唐突に部屋のドアが開いた。

「ローズ様!!　ようやくこの部屋にたどり着きました！　同室者のステファニーです！　これから

末永くよろしくお願いいたします!!」

そこに立っていたのは、ぼろぼろのドレス姿のステファニーだ。

所々破けており、泥がついている。顔に返り血がついているのは気のせいだと思いたい。

ローズは、突然の事態に目を見開くことしかできない。

「……えっと？」

「どうしてもローズ様と同じ部屋がよかったのです！　たくさんの人に私の想いをわかってもらうには時間がかかりました！　特に、寮長は手ごわかったです！　まさか、奥の手を使うことになろうとは!!」

息を切らしながら、ぼろぼろになりながら、それでも嬉しそうにほほ笑むステファニーを見て、ローズも笑った。

というのも、彼女は思い出していたのだ。

かつて仲間だった彼女たち――レディース時代の、後輩たちを。

損得抜きで自分を慕ってくれた信頼する後輩たちと、目の前で息を切らしているステファニーの姿がなぜか重なり、自然と顔が綻んだ。

ローズは、悪くないか、と呟きながらステファニーに近づいていく。

彼女は、突然立ち上がったローズに驚き、数歩後ずさった。

だが、ローズは彼女を逃がさない。

汚れた顔にそっと手を添えて、泥を指で拭いほほ笑んだ。

「ほら。さっさと体、拭いてこい。そんなんじゃ可愛い顔が台無しだぞ？」

「は、はひぃぃ!!　すぐに！　すぐに拭いてまいりますぅ！！！」

顔を真っ赤にしたステファニーは、荷物を放り投げると、逃げるように部屋の奥へ引っ込んだ。

ローズは仕方ないな、とステファニーの大きな荷物を持ち上げて奥に持っていく。

怪力のスキルを持つ彼女は、このくらいの荷物、指一本で運べるのだ。

「騒がしい奴だな……」

文句を言いつつも、どこか嬉しそうなローズは、片づけを手伝ってやろうとステファニーの部屋に向かっていくのだった。

その後、ローズと同室という喜びでステファニーがのぼせてぐったりとし、ローズが困ってしまったのは全くの余談である。

◆

こうして、ローズたちの学園生活が始まった。

この学校にいられるのはたった一年間。もちろん、ここにいる時間だけでやりたいことを極めるのは難しい。

だからこそ、通常授業でさえも手を抜くことは許されないのだ。

今は学園生活の注意点や、授業の説明が行われているが、ローズはそれほど真剣には聞いていない。元のローズのことを思ってここにいるが、今のローズにとっては、学校とは前世と同じ、つまらない場所でしかないのだ。

理不尽を突きつける教師たち。

違いを認められない同級生たち。

間違ったものを否定すると疎まれ、信じているものを庇うと非難される。

その狭い世界に嫌気がさして、明美だった時の自分はあきらめてしまった。

そんな場所にもう一度飛び込むことになろうとは、到底思っていなかったのだ。

「ねぇ、ローズ様。どんな授業をとろうと思ってるのですか？」

休み時間にぼんやりと外を眺めていると、ステファニーが声をかけてくる。この学園は必修授業の他、選択授業が多数あるのだ。

楽しそうに弾む声で近づいてくる彼女には、嫌な気はしなかった。

「別に。正直、なんでもいいかなと」

「そうなんですね！　なら私と同じ授業をとりませんか？　ローズ様と一緒なら楽しいと思って！」

「一緒？　ステファニーと？」

「はい！　お願いします、ローズ様」

断る理由はなく、ローズはステファニーのおすすめの授業を選択していく。

授業の選択はどうでもよかったが、喜んでいる彼女の姿を見るのは気分がよかった。

結局、ローズがとったのは魔術学概論をはじめとした魔術全般。礼儀、作法を学ぶ貴族学。護身目的での剣術や武術など、一般的と言われている科目だ。

他にも、魔道具制作やら兵法やら帝王学やらマニアックなものもあったが、貴族令嬢には必要なさそうである。

ローズは、隣で楽しそうに話すステファニーの言葉に優しく相槌を打つのだった。

「この科目選択が一番効率がいいんですよ！　これでフラグ管理もばっちりです！」

というよくわからないことを言っていたが、ステファニーが楽しそうならまあいいか、と思うローズだった。

午前中は説明と授業選択で終わったものの、午後からは早速授業が始まる。

最初の授業は、全員が参加する共通科目だった。

そんな授業の合間の休み時間。

女の子たちの黄色い声が聞こえてきてそちらを振り向くと、女子生徒に囲まれている一人の男子が目に入った。

その男の横顔を見て、ローズは思わず顔をしかめる。

「そうだね。君と話をしていると、とても楽しいよ」

「嬉しいです!!　アルフォンス様！」

「まあ、話はこのくらいにして皆も休んだほうがいい。……ちょっといいかな。通してくれ」

「またお話ししましょうね。アルフォンス様」

「ああ、もちろんだよ」

「きゃー!!　かっこいい!!」

女子たちにさわやかな笑みを向け、そつのない対応をしながらその男がこちらに向かってくる。

彼はさっきまでとは裏腹に、ぎくしゃくした笑みを浮かべて口を開いた。

「や……やぁ」

その男とは、アルフォンス・ブリエ。

昨日、ローズの胸を揉みしだいた超絶破廉恥男が立っているのだ。

つい警戒し、眉をひそめてしまう。

ローズが睨みつけていると、アルフォンスは突然腰を折り、頭を下げた。

「す、すまなかった!　昨日の私の行動は紳士としてあるまじき行為だった!　申し訳ない!」

その角度はぴったり九十度だ。

さすがのローズも、こうして素直に謝られたら強くは言えない。

暴言が喉のところまできたけれど、なんとか呑み込んだ。

昨日のことは許せないが、とりあえず水に流してやろうとため息を吐く。

「もう二度としないのであれば……」

「もちろんだとも!　本当に申し訳なかった。改めて、アルフォンス・ブリエだ。これから一緒の学園で学んでいく同志として、よろしく頼む」

早口でそう言いながら、顔を真っ赤に染めているアルフォンス。

賢くそつのなさそうな彼がこれほどまでに動揺しているのだ。それほど悪いと思っているのだろう。

そんな風に考えたローズは、小さく息を吐いて笑みを浮かべた。

「こちらこそ。手を上げてしまって申し訳ありませんでした」

「ああ！　そんなことはどうでもいいんだ！　私が悪かったからね。謝罪を受け入れてくれて本当にありがとう」

許しの言葉を得たアルフォンスは嬉しさのあまりか、ローズの手を握りしめた。

瞬間。

ローズは耳まで赤くし、怪力スキルを発動させて彼を突き飛ばしていた。

「きゃぁ！」

その悲鳴とともに、アルフォンスは叫び声を上げながら吹き飛んだ。

「どわあぁぁ！！！」

「い、いきなり手を握らないで!!」

明らかに恥ずかしがっているその様子に、突き飛ばされたアルフォンスも、横にいたステファニーも思わず顔を綻（ほころ）ばせる。

「ローズ様……可愛い」

「て、照れ屋なのだな、ローズ嬢は」

笑顔を向けてくる二人に、ローズは気分が悪いとばかりに座って足を組み、窓の外に体を向けてしまう。

ローズの肩に後ろから手を置いたステファニーは、からかうように囁いた。

「ローズ様は本当に恥ずかしがり屋なのですね」

「……うるさい」

突き飛ばされてもめげないアルフォンスは、再びローズに正面から近づいて、ぎこちなく口を開く。

「重ね重ねすまなかった。今後、嫌がることはしないと約束しよう。改めて、よろしく」

ようやく普通に話すことができた彼を見ることなく、ローズはぶっきらぼうに「勝手にしてください」と言い捨てるのだった。

教室の一角でそんなやりとりをしていると、当然目立ってしまう。

ローズ自身はそんなつもりはなかったが、明らかに注目を浴びていた。

その後も三人がわいわいと話し込んでいるところに数人の令嬢が近づいてくる。

中央にいる令嬢の表情は、ひどく険しい。

「ちょっと……よろしいでしょうか？」

話しかけられたローズたちは、一斉にそちらへ視線を向ける。

そこでは、金髪をくるくると巻いた、いかにも高飛車そうな少女がこちらを見下ろしていたのだった。

「何？」

話しかけられたローズは、愛想なく問いかける。

すると、彼女の態度が気に入らなかったのか金髪少女は眉を吊り上げた。

「その態度はなんなのですか。私を誰か知ってのことなのですか？」

「そうですわ！　アリアンヌ様に無礼です！」

「恥を知りなさい、恥を！」

左右に立っているのはクラスメイトだろうか。彼女たちは苛立った様子でローズに詰め寄ってきた。

だが、アリアンヌと呼ばれた金髪少女は両脇の取り巻きをたしなめ、自ら一歩前に出る。

「やめなさい！　ここでそのように声を荒らげてはこの方と同じになってしまいますわよ」

その声に、クラスメイトはしゅんと肩を下げる。

「失礼。私の友人が迷惑をかけたわ」

一歩踏み出た金髪少女に、ローズはおもむろに視線を向けた。

「無礼は詫びます。ですが、その態度はいかがかと思いますわよ？　私や私の友人に対してはまだしも、そこにおられる方にすら不遜な態度。不敬にもほどがありますわ。その方がどのような方か、まさかご存じないとは言いませんわよね？」

そう言われて、ローズはアルフォンスを見た。

見るからに挙動不審な変態男子だ。

だが、それを言うときっとアリアンヌは怒るだろう。

めんどうだからと、だんまりを決め込むことにした。

「黙ってないでなんとか言ったらどうですか！」

そこに助け船を出してくれたのはステファニーだ。

彼女は、耳元でローズが知らないことをぼそぼそと教えてくれる。

「彼女はアリアンヌ・ジェリオ様です。ジェリオ公爵家のご令嬢で、魔術に秀(ひい)でていることで有名ですね。権力を笠に着た態度にはあんまり好感を持たれていないのですが、親の力が強すぎて皆、逆らえないのです」

「ふーん」

そう言われて、ローズは立ち上がった。

そして無遠慮にアリアンヌに近づくと、すさまじい形相の彼女と睨(にら)み合う形になる。

「私が気に入らないようですが、どうしてほしいんですか？　回りくどい言い方ではなく、はっきりと教えてください」

「まぁ！　なんという物言い！　あなたには、アルフォンス殿下のお傍(そば)は全くもってふさわしくないです！」

「アルフォンス……殿下？」

ローズがそう呟きながら彼のほうを見ると、彼は気まずそうに目を逸らしていた。

「そうです！　もしかしてご存じなかったのですか⁉　それでしたら教えてあげましょう……この方こそ、次代の国のトップ、第一王子のアルフォンス殿下です！」

そうしてアリアンヌたちはアルフォンスを見て黄色い声を上げる。

きゃーとか、素敵ーとか言っているが、ローズにはぴんとこない。

なぜなら彼女にとってアルフォンスは、突然胸を揉みしだき、手を握る破廉恥野郎だからである。

「そう……知らなかったけど、それが？」

だからどうしたとばかりに、ため息を吐きながらローズは問いかける。

それがアリアンヌの神経を逆なでしたらしい。

顔を真っ赤にした彼女は、突然、ローズを突き飛ばした。

「馬鹿にしているのですか⁉　それに、あなたも名乗りなさい！　一体、どこの誰が公爵家の令嬢と王太子に向かってそんな態度でいられるというのか、私に教えてくださいまし！」

ローズにはアリアンヌの怒りポイントがわからない。

だが、確かに自己紹介をしないのは礼に欠ける。

そう思ったローズは、淡々と名乗った。

「ローズ・シャレット」

「シャレット？　子爵家……でしたっけ？　ふんっ！　子爵家風情がどの面下げて私たちと対等に話すというのでしょう！　もう少し、立場をわきまえてはどうですか⁉　アルフォンス殿下にも迷惑というものです！」

「子爵家風情？」

ローズはその言葉にかちんときた。

というのも、彼女の両親は子爵家として、国に仕える名誉ある貴族としてふさわしくあろうと努力している人たちだからだ。臥せってしまった娘を見守りながら、貴族として正しくあろうとしていた。

それを馬鹿にされた気がしたローズは、思わずアリアンヌの胸倉を掴んでいた。

「きゃ――」

「今、私の両親を馬鹿にしたの？　二人のことを知らないあなたに、馬鹿にする権利があるとでも⁉」

アリアンヌの悲鳴を皮切りに、突如として雰囲気の変わる教室。

ローズから、うねりを上げて殺気が立ち上がり、アリアンヌの両脇にいる取り巻きの顔は青ざめた。

アリアンヌも、ローズの殺気を真正面から受けて呼吸をするのも忘れてしまっている。

「人の親を馬鹿にして、あなたこそ、覚悟してるの？」

「ひっ――」

あまりの迫力に、アリアンヌは歯の根が合わなくなり、自分を掴んでいる手を外そうと躍起になる。

が、怪力スキルを持つローズの手を振りほどくなど、普通の令嬢には土台無理な話だ。

そんな剣呑とした空気の中。

「待つんだ、ローズ嬢」

堂々した態度で、ローズの手に自分の手を重ねたものがいた。アルフォンスだ。

彼女はその手から逃げるように腕を引くと、なんのつもりだと睨みつける。

「ローズ嬢。君の気持ちはわかる。家を馬鹿にしたことについてはアリアンヌ嬢に非があるだろう。だが、手を上げてはいけない。それは、よい結果とはならないはずだ」

「あなたもそっちの味方？」

「違う。ローズ嬢。こんなことで君の立場を不利にしたくはないだけだ。もし謝罪が必要とあらば、私が謝罪しよう。この国の代表として。非礼を詫びる……すまなかった」

深々と頭を下げる王太子の姿に、教室中の面々は驚愕の表情を浮かべていた。

当然、アリアンヌも動揺し、それを止めに入る。

「殿下！　そのようなこと、あなたがすることではありません！」

「そうだろうな。この謝罪はアリアンヌ嬢。あなたがすることのはずだ。もし私に申し訳なく思うのなら、すぐにローズ嬢に謝罪をするんだ」

「っ――!?」

その指摘に、アリアンヌの表情が歪む。

しかし、ここで意地をはっても仕方がないと理解したのだろう、歯を食いしばりながら静かに頭を下げる。

「申し訳ありませんでした。ご両親への発言は撤回しましょう」

そう言って踵を返すアリアンヌ。

彼女は背中越しに、張り詰めた声で吐き出した。

「ですが！　あなたの態度は到底容認できるものではございません！　ゆめゆめ、お忘れなきように！　失礼！」

そうしてアリアンヌは去っていく。

その後ろ姿を見つめていたローズは、アルフォンスの態度に毒気を抜かれて肩を竦めた。

「すみませんでした。少しばかり、我を忘れてしまって」

「いや、驚いたが親のために怒れる君をうらやましく思う。だが、アリアンヌ嬢のように考えるものは多い。やはり、爵位の序列による力の差はあるのだから」

「それは、わかります……」

自分を抑えられなかったローズはうつむき視線を落とす。その横ではなぜかステファニーが憤慨していた。

「こんなに素敵なローズ様を生んだご両親ですよ！　子爵風情どころか神ですよ、神!!」

何やら妙なことを言っているが、ローズは思わずほほ笑んだ。

そして、場をとりなしてくれたアルフォンスにお礼を言おうと振り向いたところ、自分を見つめる彼の視線が妙に優しいことにどきりとする。

「アリアンヌ嬢はああ言っていたが、できれば今まで通り接してほしいと思っているよ。ど、どうだろうか？　ローズ嬢」

さっきまでの凛とした態度とは打って変わって、突然どぎまぎし始めたアルフォンス。

その姿がおかしくて、ローズは苦笑いをした。

「アルフォンス殿下が誰であろうが、気にしませんよ。人は肩書きじゃありませんから」

「そう言ってもらえると、嬉しいよ」

ついつい素の口調で話してしまうこともあるローズを、アルフォンスは受け入れてくれている。

それが嬉しくて小さく笑うと、彼も応えるようにほほ笑んだのだった。

◆

初日こそトラブルがあったローズだったが、その後の学園生活において、事件はしばらく起きなかった。

もちろん、アリアンヌとすれ違う時などはやや不穏な雰囲気になってしまうし、教室の大半の人間とは話すこともない。しかしだからこそ、衝突することもない。

一方、わからないことは同室者のステファニーが教えてくれたし、アルフォンスも時折やって来ては色々と話しかけてくれた。

そのお陰で、それなりに充実した毎日を過ごしているのだ。

授業が終われば、ステファニーと共に部屋に帰り、寮の食堂で夕食をとる。

そんななんの変哲もない毎日が、ローズにとってはとても楽しかった。

学園に入学する前——明美が入り込む前のローズは、まさか自分がこんな毎日を送るとは思っていなかった。

このままずっと引きこもり、ベッドから起き上がれずに年老いていくのか。

そういう絶望を感じたこともある。

けれど今のローズは、かつての自分の思いを胸に秘めながら、こうして訪れた毎日に時折感謝をしていたのだった。


そんな毎日がようやく当たり前になろうとしていた頃。

学校帰り、寮に向かう道すがら、ローズはステファニーからあることを聞いた。

「そういえば聞きました？　入学前の夜会でローズ様、私のことを助けてくれたじゃないですか？あの時にやられたシメオン様ですが、ローズ様をこの学園から追い出そうと躍起になっていたらしいですよ？」

「私をこの学園から追い出す？」

突然の話に、ローズは驚いた。

まさか、あんなことで追い出そうとするなんて。とはいえ、まあ、あのような屑はそういうこともするだろうと納得もした。

同時に、疑問も湧いてくる。

なら、なぜ今も自分がここにいるのだろう。

公爵家と比べて子爵家が持つ力は、断然弱い。

それなのに自分がこうして学園生活を送れているなんて、誰かが庇ってくれたとしか思えない。

だけど、一体誰が？

両親以外に自分を庇(かば)ってくれる貴族などいないと確信していたローズは、思わず首を傾げた。

「でも、私はまだ退学になってないけど」

「それなんです！　私、噂(うわさ)で聞いちゃったんですが……なんでもアルフォンス殿下がいろいろと言ってくれたみたいですよ」

「アルフォンス殿下が？」

確かに、彼であれば公爵家が言うことにも真っ向から反対できるだろう。

「そうなんです！　シメオン様にも非があるのだから、片方だけ処罰するのはおかしいって。それで、校長先生もグリエット家も一応は納得して、退学話がなくなったのだとか」

「……そう」

ローズはそれきり考え込んでしまった。

シメオンを殴ったのは自分の意思だ。

嫌がるステファニーに無理やり迫るなど、どうあっても許せなかった。

もちろん、人を殴ることはダメなことだというのは理解している。だが、それでも殴らずにはいられなかったのだ。

誰かを傷つけようとするのなら、自分も傷つく覚悟をしてもらわなくては。

だからローズは殴ったし、それで自分がどうなろうとどうでもよかった。

けど、一体なぜだろう。なぜ、アルフォンスは自分を助けてくれたのだろうか。

そう思った瞬間、ローズは立ち止まる。

「今の時間……アルフォンス殿下はどこにいる？」

「え？　アルフォンス殿下ですか？　忙しい方ですから詳しくはわかりませんけど、もう暗くなってきていますし、寮にお戻りになっているのではないでしょうか」

「そうか。わかった」

「え？　あの！　ローズ様ぁ!?　ちょっと——どこに行くんですかぁ!?」

ローズはさっさと踵を返し、女子寮とは反対方向へと歩いていく。

ステファニーはそれに追いつこうと躍起になったが、あまりの速さについていけない。

そんな彼女を後目に、ローズは進む。しばらくすると、後ろから叫び声が聞こえた。

「もう！　ローズ様のいけず！！！」

きっと自分を見失ったのだろう。

悪いことをしたな、と思いつつも、ローズは足を止めない。

今は、行くべきところに行くことしか考えられなかったのだ。

◆

アルフォンスはその日、学園が終わった後、王城に呼ばれていた。

母に、どうしても伝えたいことがあるからと言われたのだ。とはいえ、その内容は全くもってくだらないことだった。

それは、お見合いの話。いい加減、年頃なのだから、とたくさんの令嬢の姿絵を見せられては婚約者にどうかと勧められたのだ。

しかし、彼にはそのようなことを考えるつもりはなかった。

元々彼の心の中にはたった一人の少女しかいなかった。だからこそ、ずっと断ってきたのだ。そのたった一人の少女が誰かはわからない。けれど、小さい頃の淡い思い出で終わらせるつもりはなかった。

だが、ふと過るのは、いい加減あきらめなくては、という思い。そんな時、彼の心の隙間に一人の女性が入り込んだ。

今では、その女性の事を考えない日はない。

今日は、母親を説得するために余計な時間を要してしまい、いつの間にか日が落ちていた。

月明かりだけがあたりを照らす中、彼は、疲労を背中にこれでもかと漂わせながら、馬車に揺られている。

向かう先は学園の寮だ。

普通、王族は寮に入らないことが多い。

もちろん、警備上の問題もあるのだが、本人が望まないことが多いのだ。

何せ、王家の人間のもとには集まってきやすいのだ。甘い蜜を吸いたがるハエのごときものたちが。そんな煩わしさを避けるため、学園の生徒たちとは距離を置きがちなのが王族の常であった。

元々、彼も寮には住まないつもりだったのだ。

だが、あの夜会での出来事があり、どうしても寮で学園生活を送りたくなった。

それほどまでに、例の事件――ローズがアルフォンスに与えた衝撃が大きかったとも言える。

「参ったなぁ……こうなると思ってたけど、やっぱりか」

疲れた様子で呟くアルフォンスの目の前には、同い年くらいの少年が座っていた。執事服をまとっており、その所作はひどく美しい。

「グリエット家の面子をつぶしたのですから当然でしょう？　王妃様がここぞとばかりにお見合いの話を持ち出されるなどわかっていたことではありませんか」

「それでもだ。何より、今回は借りがあったからね。母上もしつこかった」

「それを承知で陛下にローズ嬢の件を不問に付すよう進言なさったのでしょう？　ですが、いいではありませんか。ご希望はしっかりと叶ったのですし」

アルフォンスの目の前の、執事服を着た少年。

彼はアルフォンス専属の執事であり、学園生活の手助けも行っていた。今日は、もちろん主の警備のために付き添っていたのだ。

「まあ、そう……だな」

執事に指摘され、納得したアルフォンス。

何度も頷く子供のような仕草に、執事もついつい苦笑いを浮かべてしまう。

「それにしても、珍しいですね。一人のご令嬢にこれほど熱を上げられるとは。元々、それほど女性にはご興味がなかったはずでは？」

「あまり誤解を生む言い方をするな。女性に興味がなかったわけじゃない。ずっと……あの人に会いたいと思っていただけだ」

「左様で。まあ、いつあきらめられるのかと思っていましたし、実在する女性にご興味が移り安心してはおりますよ」

「人の初恋を妄想みたいに言うんだな」

非難めいた視線を向けると、執事は呆れた顔で肩を竦める。

「妄想に近いではありませんか。小さい頃の記憶ですし……それよりも噂に聞きましたが、例のご令嬢とお話しする時は、可愛らしく動揺し、顔を赤らめ時折口ごもってしまわれるとか。そのような一面があるなど、私は知りませんでしたよ」

「ぶっ——!!」

近しい人間に自分の恥ずかしい部分を把握されていることを知り、思わず噴き出したアルフォンス。

激しくむせると、執事を睨みつけた。

「そんな目で見られましても。これまでは夜会で出会う女性を、適当にあしらっている姿しか拝見しなかったもので」

「うるさい。私にだって、そういう時くらいある」

「ええ。殿下が人間だったと再認識できて嬉しく思います」

うやうやしく頭を下げる執事に、アルフォンスは顔を背けることしかできなかった。

なぜ自分はローズに対してあのような態度で接してしまうのだろう。

入学式の日には最悪の印象を与えてしまったし、翌日は謝罪を受け入れてもらえて舞い上がり、つい手を握ってしまった。

演説などで人前で話すことに慣れている自分が、彼女と話す時に動揺することも信じられなかった。

そもそもなぜこんなにローズを意識しているのか、その理由すらもわからなかったのだ。

ローズの態度や口調はお世辞にもお淑やかとは言えず、決して貴族の令嬢らしくはない。

だというのに、彼女の立ち姿や行動、すべてにおいて美しく感じるのだ。

暴力を容認するわけじゃない。

けれど、彼女に対して反感を持てない自分がいた。むしろその生き方に憧れさえ抱いているのだ。

「……あの子と、似てるのかもな」

思わず漏れ出た言葉。

アルフォンスが幼い頃の思い出に浸ろうとしたその時、御者から声がかかる。

「着きましたよ、殿下」

「あ、ああ。ありがとう」

思考をすぐに切り替えて、アルフォンスは馬車から降りようとした。

すでに執事は車外におり、当然、外の安全確認はされている。

いつものようにこのまま部屋まで行き、就寝するはずだった。が、ここで執事がアルフォンスに手ぶりで外に出るなと示す。

「殿下……何者かが男子寮の入り口に座っております。しばしお待ちを」

「何？　こんな時間に一体誰が……」

馬車の出入り口から外を見ると、確かに暗がりに誰かが座り込んでいるのが見える。

アルフォンスにはそれが誰なのか遠目でもわかった。

「大丈夫だ。私が行こう」

「しかし――」

「いいから」

アルフォンスは執事をなだめながら、馬車から飛び出す。

そして、すっと立ち上がった人影に駆け寄り、そっと声をかける。

「どうしたんだい？　こんなところで」

そう言うと、目の前の女性はドレスについた砂を払う。

彼女は真正面からアルフォンスを見て、不機嫌そうな顔を隠しもせずに話し出した。

「ちょっと話があります。今、よろしいですか？」

そこにいたのは、彼が憧れを抱く、ローズその人であった。

ステファニーの話を聞いて寮に向かったローズだったが、アルファンスはまだ部屋に戻っていなかった。

仕方がないから、寮の前で待つことしばし。すでに、あたりは真っ暗だった。

ステファニーあたりがいれば、明日でもよいのでは？　と諭されたことだろう。

だが、ローズはそうはしない。

それは今日、アルフォンスにどうしても伝えたいことがあったからだった。

◆

ローズが男子寮の前に座っていると、多くの生徒たちが好奇の目で彼女に話しかけてくる。

それを無言でやり過ごした彼女はようやく、暗がりの中に揺れる馬車を見つけたのだ。

転がるように降りてきたアルフォンスを見て立ち上がり、静かに頭を下げた。

「ちょっと話があります。今、よろしいですか？」

ずっと地面に座っていて、体もこわばり疲労困憊だったローズは、そこで淑女の礼をする。

「ああ、構わないけど……それよりも、わざわざ待っていてくれたんだろう？　何かあったの？」

アルフォンスはいつも通り、優しげな笑みを浮かべた。

しかし、ローズはうまく言葉が出ない。

その理由は、よくわからなかったけれど。

「入学前の夜会……あの件で学校をやめなくてもいいようにしてくれたって聞いて」

彼は、その言葉を聞き、目を見開いた。そしてすぐに再びほほ笑むと、ゆっくりと言葉を紡ぐ。

「別に……気にしないでもよかったんだけどな」

「そういうわけには。私は……ここをやめたいわけじゃないし」

「へぇ。意外だな」

「そう？」

「そうだよ。ローズ嬢は、学園に興味がなさそうだったから」

アルフォンスはそう言うと、苦笑いをする。

「用件はそれで終わりかな？」

「いや……その……」

ローズにしては珍しく歯切れが悪い。

それを、アルフォンスも感じているのだろう、眉をひそめて彼女を見つめていた。

「退学の話を取り消すのに……ご迷惑がかかったのかと思って」

ローズの言葉に、彼は妙に驚いた顔をする。

こんなことは普通に考えつくだろうに。

一体どんな風に思われているのか。それを想像すると少しいらっとする。

ローズがそう思っていると、アルフォンスは視線を逸らしながら笑みを浮かべた。

「そんなことは――」

「なめんな」

急にドスの利いた声を出したローズ。その声に、アルフォンスの背筋がピンと伸びた。

「っと……それくらい、わかります」

「えっと……」

どこか困惑した表情のアルフォンスだったが、ローズはそんなことはお構いなしだ。

どうせ引かれているのだと開き直りながら、言いたいことを積み重ねていく。

「私を庇(かば)ったせいで何か、アルフォンス殿下に迷惑がかかったらと思うと……でも、子爵家が公爵家に払えるものはほとんどないです。だから……約束したくて」

「約束？」

「はい。私は――」

逸らしがちだった視線をまっすぐアルフォンスに向け、ローズは口を開いた。ここだけは、正面から気持ちを伝えないといけないと思ったのだ。

「――私は、あなたが危ない時に絶対助けになる。それを言いに来たんです」

義理には義理で、善意には善意で返したいローズが差し出せるのは、自分しかない。

そう思い、けじめの意味でも伝えた。

まぁ、普段の口調が出てしまった場面もあったが、それは気にしない。

「ふっ、なんだよ。はは、ははははっ！」

ローズにとってはなかなか重い言葉だったが、対するアルフォンスは急に笑い出し、お腹を押さえている。

「笑い出して何よ」

いきなり笑われたローズは正直気分が悪かった。先ほどと同様の勢いで、普段通りの口調で問う。

「いや、ごめんね、別にローズ嬢がおかしかったわけではないんだ。ただね、ここ最近誰かと話すと必ずお願い事をされるばかりだったから。それが妙におかしくて」

「そう、とにかく伝えましたから。覚えておいてください」

「わかった、覚えておくよ。でも、本当に気にしなくていいんだ。私がしたくてしたことだし、私にしかできないことだからね」

ローズはアルフォンスの言葉を聞いて、しばし考える。

そして、合点がいったように手をぽんと叩き、彼に近づいた。

「そういうことじゃなくて」

ローズは拳を前に突き出すと、アルフォンスの顔を見る。だが、彼は何をすればいいのかわからないらしく、ぽかんとした顔で彼女の手を見つめていた。

「えっと、これは？」

「いいから手を握って。それで、ほら、こう」

ローズはそう言うと、自分の拳とアルフォンスの拳を突き合わせた。

これでもう大丈夫と、ローズは心の中で呟く。

「今のが誓い。私たちは、これで互いに背中を預けられる関係になった。つまり、ダチです、ダチ」

「ダチ？　へ？」

「わかんない野郎だな。いい？　あなたは私を助けた。だから私はあなたが苦しんでいる時に助けたい。もうこうなったらダチだろ、ダチ」

ローズはそれだけ言い残すと、そのまま女子寮の方向へと歩き出した。

「ローズ嬢、送るよ」

「いらない」

そう言って、背中越しに手を振る。

その返事を聞いてあきらめたのか、アルフォンスが「おやすみ、ローズ嬢」と声をかけてくる。

それを聞きながらその場を後にしたのだった。

ローズは考える。

アルフォンスはお金や名誉が手に入る可能性はないのに、それでも助けてくれたのだ。

そして、それを公表もせず、胸の内に秘めていた。

見返りを要求するわけでもなく、自分がしたいからときたものだ。

――かっこいいじゃない。

ちょっぴりアルフォンスのことを見直したローズなのであった。

その一方、後になって素の口調が出ていたことに気付き「お母様に怒られる……」と後悔したのは言うまでもなかった。

## 第二章

あれから、アルフォンスが約束の件について何か言ってくることはない。

しかも、あの日、素の調子でしゃべっていたことについても黙ってくれているようだ。

もしあれがバレたら、母親の怒りをどれほど買うか。

それが避けられただけで、ローズにはこれ以上の喜びはなかった。

前世の明美なら怒られるくらいどうってことないのだが、今はローズの体だ。血がつながっているだけで、どうにも抗（あらが）えない何かがあるらしい。

恐怖心が遺伝子に組み込まれてでもいるのだろうか。母親には逆らえないローズだった。


「ふぅ……お母様のことは、なんとか大丈夫そうか」

「何が大丈夫そうなんですか？」

「ひゃぁ!!」

独り言のつもりだったのに急に話しかけられて、ローズは変な声を上げてしまった。

視線を向けると、そこにはステファニーが立っている。

「そんなにびっくりされるとちょっぴり傷つくのですが」

彼女はややじとっとした目線でローズを見つめていた。

「あぁ……ごめんね、急に話しかけられたものだから」

なんとか取り繕ってそう返すと、ステファニーはすぐに笑顔になり、そっと隣に並んでくる。

次の授業に向かうために、彼女たちは廊下を歩いているところだったのだ。

そのあとはいつもの調子でステファニーが勢いよく語り始め、それをローズが頷きながら聞く。

最近よく見られる光景だ。

「ローズ様。次の授業は剣術ですね！」

「ああ、そうだね」

「私、思うんですよね。私って、どっちかって言うと魔術より剣術のほうが向いているって。だって、魔術ってなんだかわけのわからない言葉ばっかりじゃないですか。その反面、剣は相手を斬ればそれでいい。シンプルですよね！　主人公補正のお陰かステータスも高いみたいだし！　今日も楽しみですね！」

「しゅ、主人公補正？」

「あ、いえいえ。こちらの話です。まあ、剣術が楽しみだなーって雑談ですよ、雑談。えへへ」

「そ、そうか」

どこかわざとらしい笑みを浮かべながら、ステファニーは舌を出しておどけた。

まあ、特に問い詰める理由もないローズは、それを見て微笑を浮かべる。

「でも、ローズ様は剣術でよかったんですか？　正直、それが少し申し訳なくって」

「は？　あぁ」

眉尻を下げたステファニーの言葉を聞いて、ローズはピンときた。

「だって。ローズ様は剣を使わないでしょう？　授業の選択は私に任せてくださいましたが、正直ご迷惑だったらどうしようかと最近悩んでて……大丈夫ですか？」

「問題ないよ。剣には慣れてなくても、楽しい部分はある」

「本当ですか？」

「えぇ、本当」

そこまで確認して、ようやくステファニーの表情が緩んだ。

よっぽど心配だったのだろうか。

ローズは、小柄なステファニーを眺めて、その可愛さについ頭を撫でる。

「っ――」

突然の行動に彼女は一瞬、体を縮めたが、すぐに顔を赤らめながら受け入れてくれた。

ローズは恥ずかしがっているステファニーを見て心を和ませている。

すると、その雰囲気に耐え切れなくなったのか、彼女が慌てたみたいに口を開いた。

「そ、そういえばローズ様」

「ん？」

「どうしてローズ様は剣を使わないのですか？　剣を使ったほうがきっと強いのではないですか？」

そう聞かれ、ローズはステファニーを撫でていた手を引っ込めて拳を握る。

彼女がやや残念そうな表情を浮かべているように見えたのは、気のせいだろう。

「ん……剣を使うと人が死んじゃうから。そういうのは好きじゃない。手で殴ると自分にも痛みがあるから、本気で向き合える」

「なんてかっこいいんでしょうか！　あぁ、ローズ様！　素敵です！」

「う……うるさい」

褒められると困ってしまう。

自分でも赤くなっているのがわかるくらい頬が熱を持ったため、思わず顔を逸らす。

その視線の先には偶然アルフォンスがいた。

彼は、ローズに気付くと、どぎまぎしながらぎこちなく手を振った。

彼女はそれに応えることなく、すぐに視線を外す。

「あら、アルフォンス様じゃないですか。かっこいいですよね、アルフォンス様。ローズ様はどう思います？　王子様ですし、かなり優良物件だと思うのですが」

「知らない」

「けど、この前助けてもらったじゃないですか」

「知らないって言ってる」

それを言われるとローズは弱い。

確かに、アルフォンスがいなければ、夜会での暴力を理由になんらかの罰を受けていたかもしれない。

だが、今までされた行動を思うと、あまり素直になれないのが現実だった。

まあ、先日ダチと認めたからには、困った時は助けてやろうと思っているが。

「あんな奴はいいの。それより、さっさと行くよ」

そう言って足を速めると、ステファニーはにやにやしつつ肘で小突いてくる。

「ローズ様は照れ屋さんですからね。可愛いです！」

「なめた口きいてんじゃない」

ドスの利いた声を出すが、ステファニーは素知らぬ顔だ。

すでに知っているのだろう、ローズはこれくらいじゃ怒らないということを。

その後も、互いにじゃれ合いながら目的地に向かっていく。

次の授業場所は訓練場。

ここは様々な武術の訓練を行う場所であり、剣や槍など練習用に刃をつぶしたものが置いてある。

訓練場は石でできた塀で囲まれていて、その陰から何やら言い争っているらしき声が聞こえてきた。

ローズは何事かと思い、そちらに近づいていく。

「あら？　どうしたんですか？　ローズ様」

「いや。あなたはさっさと授業に行って。私は後から行く」

「え？　ちょっと待ってくださいよ！」

ステファニーを放って、声の方向に歩を進める。

遠目に見る限り、一人は女子生徒のようだ。

「いいじゃないか。どうせ、このままじゃ君は退学だ。そうなってもいいのか？　ん？」

「い、いえ……それは困りますけど、でも先生、こんなのって――」

「どうせバレやしない。それに、ここを卒業できれば、仕事には困らないだろう？　なら、病気のご両親のためにも折れたほうがいいんじゃないかね？」

そう言うと、教師は女子生徒の首元に顔をうずめようとする。

女子生徒は必死で抗（あらが）いながら、泣きそうな表情を浮かべた。

「先生っ――やめ、やめてください！」

「やめてもいいんだがね。しかし、将来有望な若者が、こんなところで学業をあきらめる事態になるのは私も心苦しい。これは、親切心だよ？　ん？」

「えと、その、私……」

話の内容を聞く限り、おそらく片方は教師だ。

ローズがさらに近づいたところ、女子生徒が恥ずかしそうにうつむいて、教師を撥（は）ね除けることもできず震えていた。

「や、やめ――っ!!」

教師は女生徒を壁際に押さえつけ、太腿（ふともも）を撫で上げる。

声にならない悲鳴を上げた女生徒は、恐怖のあまり目をつぶって体を縮こまらせた。

「すぐによくなるよ。さぁ、緊張しないで、いずれ君から求めてくるようになるさ――」

女子生徒は何かを盾に体の関係を迫られているように見える。

頭にかっと血が上ったローズの耳元に、いつの間にか真横にいたステファニーがそっと囁いた。

「あれは……ジアン先生ですね。あまりいい噂を聞かない先生ですが、こんなことをやっていたなんて」

「噂？」

「ええ。女子たちの弱みを握って言い寄っているとかなんとか。あくまで噂でしたけど、本当だったみたいです」

「そうか。ステファニー、あの子はどう？　嫌がってる？　それとも受け入れてるように見える？」

「どう見ても嫌がってますよ！　でも、今行っても適当に誤魔化されて終わりかもしれません。他の先生を呼んでこないと！　大事になる前に――」

「必要ない」

「え？　ローズ様!?　ジアン先生は魔法の達人で、その、あの――!!」

ステファニーは慌てた様子でローズを止めようとするが、彼女は止まらない。

ずんずんと突き進んでいくと、足音に気付いたのだろう、女子生徒とジアンが振り向いた。

ローズは、まっすぐにジアンを睨みつける。

「な、なんだ貴様は!!」

「うるさい。その汚い口閉じないと舌噛むぞ」

「な、何を言っている！　というか、これは違うんだ！　彼女から言い寄ってきて、私は仕方なく!!」

「だから、黙ってろって言ってんだろうが!!」

「な、何を――がばべっ!!」

ローズは女生徒を襲おうとしていた教師の顔面を、無遠慮に蹴りつけた。

教師は受け身をとることもできずに、そのまま地面に倒れ込む。

「え!? な……」

女生徒は、何がなんだかわからず教師とローズを交互に見つめていた。

「な! なんだね君は! 突然人を蹴飛ばして! どうなるかわかっているのか!!」

ひしゃげた鼻から出る血を押さえながら、ジアンは叫び声を上げる。ローズはそれを鋭い視線で見下ろした。

「知らない。そんなことよりも、汚すぎると思わない? 女の体と引き換えに条件を突きつけるなんて。教師のやることじゃない」

「う、うるさい! あいつのためなんだ! 私は、彼女の希望を叶えたいと思っただけだ! くそ! 生徒ごときが! 教師に手を上げるなど――下賤(げせん)なるものを貫(つらぬ)け、氷よ」

会話の最中。ジアンは掌(てのひら)をローズに向けスキルを発動する。

彼のスキルは氷魔法。

瞬時に生成された氷は大きな槍状になっている。スキルを発動する速度はまさに達人の域(いき)だ。

「寝ていろ!!」

教師としての最後の良心だろうか。

槍の先は丸くなっており、殺傷能力は抑えてある。だが、素早く放たれた槍が当たれば怪我は避けられない。

しかし、ローズは目の前に迫りくる槍から目を逸らさず、瞬きさえもしなかった。

そんな彼女は、ただ一度だけ、右手を真正面から氷の槍に叩きつける。

「んなぁ！！？？」

「嘘ですよね！！？？」

ジアンと女生徒の声が重なり木霊した。

なぜなら、ジアンの魔法はローズの拳によって細かく砕け散ったのだから。

「う、嘘だ！　放たれた魔法を素手で消し去るなど――」

動揺したジアンにゆっくり近づいたローズは、弓を引き絞るように右腕を引いた。

「嘘かどうか。その目でしっかり見ればいい」

「――どふっ!!」

言葉を連ねる教師を、ローズは顔面に拳を入れることで黙らせた。

「言い訳はいらない。あなたみたいな教師がいるから、学校が腐るのよ」

すでに気を失っている教師を見下ろしたまま啖呵を切ると、ローズは振り返る。

慌てて追いかけてきたステファニーは、あまりの惨劇に驚愕の声を上げた

「え!?　どういうことですか!?　いきなり殴りつけるとか、結構まずいことになりませんか!?　ロー

ズ様⁉」

「口で言ったって、こんな奴はわからない」

「それにしたって、もっとやりようが――」

「うるさい。ほら、行くよ」

「え？　え？　放っておいちゃダメなんじゃ⁉」

困惑するステファニーを置いて、ローズはそこから去ろうとする。

その途中、彼女はふと思い出したかのように振り返ると、放心している女生徒を睨みつけた。

「あなたもあなた。腐った野郎に負けるんじゃない。自分を守れるのは自分しかいないんだから」

その言葉に涙目になる女生徒だったが、ローズはそんなことは気にしない。

泣きそうな女生徒と困惑するステファニーを後目に、その場を後にするのだった。

◆

ローズが教師に鉄拳をぶちかました日の夜。

彼女とステファニーの二人は授業を終えて、いつも通りの時間を過ごしていた。ジアンに関してはもうどうしようもないため、放置だ。

寮には食堂があり、基本的にはそこで食事が出るのだが、最近はステファニーが食事を作ることも度々ある。

今日は、彼女がオムライスを作っていた。

どこか懐かしい味にローズは舌鼓を打つ。

「今日の卵はフワトロになった気がします！」

「そうだね、美味しい」

「ありがとうございます！　っていうか、ローズ様って丁寧な言葉で話すの苦手だったりします？」

その問いかけに、ローズは思わず眉を寄せた。

「あ、別に責めてるわけじゃなくって！　部屋には私しかいないじゃないですか？　その時くらいは普通に話してもらっていいですよ？　ちょくちょく素が出てますし、今更隠さなくても」

「まあ、そうなんだけど。お母様の顔を思い出すと寒気が……」

「ふふっ、ローズ様でも実の親は怖いんですね！　まあ、自室でまで頑張るのは疲れますから、よかったらどうぞくらいの話です」

「わかった。ありがとう」

「どういたしまして」

そんなほっこりタイムを過ごし、寝支度を済ませたローズとステファニーの部屋に、突然、ドアを叩く音が響いた。

「大変なことになった。今すぐ一緒に来てくれないか？」

訪れたのは、アルフォンスだ。

彼は、どこか焦った様子である。

そんな彼に訝しげな表情を浮かべつつも、ローズは端的に問いただした。

「何があったんですか？」

その問いかけに少しだけ考え込んだアルフォンスだったが、意を決したように姿勢を正して答える。

「君に嫌疑がかかっている。教師に対する暴行事件だ」

「あぁ……あのことですか」

「心当たりがあるのか⁉」

ローズの肩を掴んだアルフォンスの表情は険しい。

だが、彼女はそれを軽く振り払うと、めんどくさいとばかりに扉を閉めようとする。

「待ってくれ！　もしそれが本当なら、放っておけば今度こそ君は退学だぞ⁉　それでもいいのか！」

その言葉に、ローズは動きを止めた。

この学園は、入学金を払う、もしくは特待生制度を利用すれば入学することができる。

勉強が大嫌いなローズが特待生制度を利用できるわけもなく、両親がこの入学金を支払っていた。

ここで退学になれば両親に迷惑がかかるし、自分が悪いわけでもないのに退学になるのも納得がいかない。

女々しく弁明するのは性に合わないが、退学するのは本意ではない。

短い葛藤の末、彼女は扉を自ら開けると、渋い顔でアルフォンスに告げる。

「支度します。少し待ってて」

「あぁ、わかった」

部屋の中に入ると、話を聞いていたのだろうステファニーが、狼狽えた様子で声を上げた。

「ローズ様！　大丈夫なのですか!?　こんなイベント、ゲームじゃなかったのに！　どうすれば退学フラグを回避できるの！　主人公の実家に帰るルートの応用!?　それとも――」

「言ってること、わけわかんない。いいからおとなしく待ってて」

「でもでもでも！　私……ローズ様に退学してほしくなくて」

ローズ本人より泣きそうなステファニーを目の前にして、ローズは目をぱちくりさせた。

そして、ステファニーの気持ちに、こんな時にもかかわらず嬉しくなってしまう。

「ほら、泣かない」

「……ローズ様」

流れてくる涙を指で拭い、ローズはステファニーをそっと抱きしめた。

「私は大丈夫。だから、安心して待ってて」

「は……はい」

「先生、殴り倒してるんだけど……きっと大丈夫じゃないんだけど」とステファニーが呟いているが、ローズは気にしない。

さっきよりも表情が和らいでいるステファニーの顔を見て、そっと体を離す。

「行ってくる」

「なら！　私も行きます！」

「はぁ？」

何を言ってるんだ、とばかりに睨みつけるものの、ローズに迫るステファニーの剣幕はすさまじかった。

「私だってあの場にいたんです！　証人として何かお力になれることがあるかもしれません！　ですから！　私も一緒に行きます!!」

ステファニーの強い眼差しを感じたローズは、そこにかつての仲間を見た気がした。

前世での記憶。

レディース時代の仲間も同じような目をしていた。

彼女たちは自分に命を預けてくれて、それに何度救われたかわからない。

「なら……来てくれる？」

「はい！　ローズ様の行くところならばどこまでも!!」

「わかった。私からも頼む。ついてきて」

すっかり臨戦態勢になった二人。

なぜかステファニーは、愛用の剣を持っていた。

そして、奥から何かをとり出して、ローズへと手渡す。

「これは……？」

「ずっと剣は使っていませんでしたし、お嫌いだと聞きましたから。購買部に売っていたんです。何かの折にと思っていましたが……使ってくれますか？」

ステファニーから手渡されたそれは、メリケンサックだ。

拳を守り、破壊力を増す、ローズにぴったりの武器だった。

ローズはそれを両拳につけると、がちゃりがちゃりと何度か打ち合わせる。

そして、獰猛な笑みを浮かべ、ステファニーへと視線を向けた。

「これはいい……ステファニー。ありがとうな」

「はいぃぃぃ!!」

ローズのお礼に、ステファニーは恍惚の表情で悶える。

どこか危険な香りがするその表情も、前世では見慣れたものだ。後輩たちがちょくちょく似た反応をしていた。

気にしないほうがいいということを知っているローズは、それをスマートに受け流すと、外で待つアルフォンスへ扉越しに声をかける。

「準備はできた……行こう、ステファニー」

「はい！」

意気揚々と出てきた二人の姿に、アルフォンスは目を見開いた。

そして、王子らしからぬほど大きく口を開けて呆ける。

「な、なんで二人とも、完全武装なん……だ？」

何を言ってるのだ、とばかりにローズとステファニーはきょとんとした表情になった。

「これから行くのは戦場でしょう？　なら、死んでもいいように覚悟を決める必要があります」

「そうですよ、殿下！　私の命はローズ様と共に！　さぁ、行きましょう！　ローズ様を虐げるものには破滅を!!」

「物騒すぎるから!!　頼むから穏便にことを進めてくれぇ!!」

アルフォンスの必死の懇願に、ようやく二人は折れた。

ステファニーは仕方なく剣を置いたが、ローズは懐にメリケンサックを忍ばせる。

アルフォンスはそのことには気付いていなかった。


連れてこられたのは校長室。

校長の姿を見るのは、入学の時の挨拶以来だ。

彼は、なぜかローズのほうを見ながら青い顔色で額の汗を拭っている。他の教師も同様だ。

アルフォンスは頭を抱えている。

聞こえてくるため息はもういくつ目だろう。

彼らはやはりローズのほうをちらちら見つつ、互いに目を見交わしてはうつむいていた。

一方、ステファニーはローズを見つめながら、恍惚の表情を浮かべている。

そんなよくわからない光景を、ローズは無表情で眺めていた。

ステファニーからもらったメリケンサックを拳につけ、一定間隔でメリケンサック同士をぶつけ合いながら。

カツーン、カツーン、と一定のリズムを刻むメリケンサック。

ローズとしては他意はない。

ただ、手持ち無沙汰だから音を鳴らしているだけだ。

そう。手持ち無沙汰だからなのだ。

「ア、アルフォンス君……一体どういうつもりだね。こんな状態の彼女を連れてきて」

長い沈黙の後、校長がようやく声を絞り出し、アルフォンスに問いかけた。

「いや、校長……。私も計算外です。なぜ、このような態度なのか……」

そう言ってアルフォンスは肩を落とす。

ローズは、なんだか落ち込んでんな、などと他人事のように感じていた。

「まあ、いい。どういうつもりかは本人に聞かなければならないのだからな。……して、ローズ・シャレット。君にいくつか聞きたいことがある。よろしいか？」

「ええ」

校長の質問に、一応はよそ行きの口調で答えるローズ。

そのことにほっとしたのか、ステファニーは小さく息を吐いた。

「君に、教員への暴行容疑がかけられている。それについて聞きたい」

「確かに、ある教師を殴りました。でもそれが何か？」

「なっ――」

その言葉に校長は顔を引きつらせる。

周囲に座っていた教員の中には、思わず立ち上がってしまうものもいた。

皆の表情はこわばっており、彼女の発言を容認できないという意思を感じる。

「一体自分が何をしたのかわかっているのか⁉　ここは市井のスラムではないのだぞ！　貴族面して好き放題していいと思っているのか！」

「そもそも、貴族令嬢が暴力など！　殴られた教員は心も病んで、臥せっている！　どう責任をとるつもりだ！」

怒声が響く校長室。

一緒に来ていたステファニーは、それを聞いて体を縮こまらせるが、ローズはメリケンサックを打ち付けることをやめた以外は先ほどと変わらない。

彼女はじっと、校長や教員を眺めている。

「まあ、君たち。冷静に聞かなければローズ・シャレットも発言できないというものだ。さぁ、ローズ嬢。暴力は事実のようだが、弁明はあるかね？　件の教員は、近づいてきたあなたに突然殴られたと言っているのだが」

「事実です」

「なっ――」

またもやそっくりそのまま認めたローズに、校長は絶句した。

だが、ローズは特に動揺した様子はない。

それもそのはず。彼女は聞かれたことに答えているだけなのだから。

再びだんまりになってしまった彼女を見かねて、ステファニーが口を開く。

「す、すみません！　横から失礼します。ステファニー・アヴリーヌでございます」

「うん？　なんだね、君は」

「彼女は、その暴行現場にいたローズ嬢の友人ですよ。私が連れてきました」

教師の剣呑な視線におびえるステファニーを、アルフォンスが自然と庇った。

「さぁ、続けて」

「は、はい。あの、私はその場に一緒にいたんですけど、ローズ様が悪いわけではありません！　教員の方が、女生徒に乱暴しようとしていたから、ローズ様が割って入ったのです！」

「何？　それは本当かな？」

目を見開いて驚いた校長が、ローズに視線を向ける。

すると、そこにすかさず口を挟むものがいた。他の教員である。

「校長！　そのようなことに耳を貸してはいけませんよ！　罪から逃れるための虚言に違いありません！」

「む？　私はローズ嬢に聞いているんだ。ローズ嬢。今、ステファニー嬢が言っていたことは本当かね？」

「そうですね」

「そんなことがあるわけあるまい！　我が学園の誇り高い教員が、そのようなことを――」

「黙れと言っているのかがわからんか!?　そうやって身内を庇い立てして口を挟むことが、我が学園の教員の誇りを傷つけていると知れ！」

校長は突然、怒声を張り上げた。

その言葉に、文句を言っていた教員は黙り込む。

ローズはにやりと笑みを浮かべると、背もたれに預けていた体を乗り出した。

「へぇ……。さすが校長先生。話がわかる方もいてほっとしました」

「まずは君の話を聞くことからだからな。……というか、試していたのか？」

ローズの態度に訝しげな表情を浮かべた校長を見かねて、アルフォンスがそっと頼んだ。

「ローズ嬢。あったことをつまびらかにしてほしい。あの場で何があり、あなたが何を思ったのか。すべて教えてくれないか？」

「はい、わかりました」

「ではお願いするよ」

ローズはめんどうだと言わんばかりに頭をかきむしると、ようやく重い口を開いた。

「ステファニーの言った通りです。あの時、あの糞男が女生徒に迫っておりました。だから殴った。それだけです」

「なら、君はその女生徒を助けただけと？」

「それ以外に殴る理由なんてありますか？」

「むぅ……」

校長は、ローズの言葉を聞いて押し黙り、時折唸(うな)る。

重い重い空気に耐え切れなかったのだろう、脇に座っていた教員が再び口を開いた。

「どうせ、女生徒を襲っていたというのも嘘なのだろう!? 粗野な言葉遣いをして！ 校長先生、しっかりしてください！ こいつの目つきを見てくださいよ！ 人を射殺しそうな鋭さじゃないですか！ こんな人間が貴族令嬢など嘆かわしい。我が学園の品位も落ちるというものです。まったく。一体君の親はどんな教育をしたんだね？ 子も子なら親も親だ。こんな下品な子なのだから、きっと親もろくでもないのだろ――」

教員が両親を罵倒(ばとう)しようとしたその瞬間。

ローズは、目の前の机に拳を叩き込んだ。

すさまじい音とともに、机は真っ二つに割れ、破片が部屋中に飛び散る。

「別に私の言ってることを信じろなんて言ってない。疑うなら好きにすればいい。言葉遣いもよくないのは知ってる。それを指摘すんのも勝手。でも……人の親、馬鹿にするとはどんな了見？ 私の大事な人を馬鹿にするってことは――」

――覚悟、できてんだろうな？

今までやる気のなかった瞳に炎が宿り、ローズはその強い視線で教員を貫(つらぬ)いた。

睨(にら)まれた教員は、彼女の迫力にびくりと体を震わせる。

「た、退学だ！ 校長室でこんなことをしてただで済むと――」

ローズは、最後まで言わせない。

立ち上がり、その教員に近づき胸倉を掴んだ。ローズ以外に誰も動けなかった。

「もし、女を襲おうとしたあの男を庇うんなら、そんな学園、こっちから願い下げ。けど、一つだけ覚えてて。私の目の届くところで弱いものいじめをしたら、今度はあなたの首が飛ぶ」

教員は口元をがくがくさせながら、泡を吹く。

ローズは教員を床に放り投げると、つまらなそうに見下ろしつつステファニーに声をかけた。

「もうこれでいい？　行くよ、ステファニー」

「は、はいぃ!!」

ローズは校長を一瞥し、そのまま出口へと向かっていった。

校長も、アルフォンスも、突然の事態に何も言えない。

だが、ローズが外に出るため、扉を開けようとした瞬間。

その扉を外から開けるものたちがいた。

「「「こ、校長先生!!」」」

「どわっ――」

体勢を崩したローズを押しのけて、中に入る五、六人の女生徒たち。

その勢いに押されてしまい、ローズは思わず脇によけ、ステファニーはローズの後ろに隠れた。

入ってきた生徒たちは、皆決意に満ちた表情を浮かべており、ローズを見ると大きく頷いた。中には、両手を強く握りしめているものもいる。

彼女たちは校長や教員に鬼気迫る表情で詰め寄った。

「校長先生！　ローズ様をやめさせないでください!!　私たち、ジアン先生に体の関係を迫られていたんです！」

ローズが助けた女生徒の言葉を、校長も教員も目を見開きながら食い入るように聞いていた。

ローズは出ていくタイミングを完全に逃し、そのまま立ち呆ける。

彼女も、今の事態を呑み込めていない。

とりあえず、校長が乗り込んできた彼女たちをなだめようと声をかけた。

「君たち。突然入ってくるのは感心しないな。ここにいるのは皆、淑女なのだろう？　それならば、節度ある態度で話をしてみなさい」

その言葉に、女生徒たちはしゅんとする。

しかし、話さなければならないことがあるのだろう。すぐに背筋を伸ばして口を開いた。

「申し訳ございませんでした。私はナタリー・ドラン。ローズ様に助けていただいたものです」

「ふむ。して、その助けられた時の話を聞いてもよいかな？」

「もちろんです。私たちは、そのために来たんですから……」

ナタリーはそう言うと、あの時の経緯を話し始めた。

曰く。

ナタリーの家は元々子爵家であったのだが、両親が急に体を壊し、ナタリーの入学直前に没落した。貴族ではなくなった彼女の両親が今後の授業料を工面することは、非常に難しかったのだ。

それを聞きつけ、声をかけてきたのがオナール・ジアン。ローズが拳を振るった教員だ。

最初は親身になって相談に乗ってくれていたのだが、だんだんと体を触られるようになり、ついには体の関係を迫られるようになっていたとのことだ。

もちろん断ったものの、強引なやり口に学校にいることもつらくなっていたところ、ローズに助けられたのだと。

「私は、ローズ様のお陰で自分自身を守ることができたんです！　そんな恩人であるローズ様をやめさせるなんて、許せるわけありません！」

「そうです！　私も、ジアン先生に無理やり体を触られて……ずっと悩んでいたんです」

「私もです。本当につらくって……でも、ナタリーが助けられたことを聞いて、やっと学園に救い主が現れたって思って……うぅ――」

皆、オナール・ジアンの被害者らしい。

泣いてしまうものもいる中、校長も教員も茫然とした様子で告白を聞いていた。

納得がいっていないのか渋い表情を浮かべていた教員もいたが、告白を邪魔しようとはしない。

校長は彼女らを諭（さと）すように優しく語りかける。

「君たちの言い分はわかった。だが私たちも、すぐにローズ嬢をやめさせようだなんて思っていない」

「嘘です！　さっき、退学だって声が聞こえました！」

「そうです！」

「職権濫用（らんよう）です！」

途端に騒ぎ出したナタリーたちを校長が抑えようとするが、うまくいかない。

教員と生徒たちの言い争いが始まろうかというその時、部屋に声が響いた。

「うるさい」

その声自体は静かだったが、妙に通る声だ。

皆が声の主を一斉に見ると、それはローズだった。

「ロ、ローズ様」

「私が、あの教員を蹴り飛ばして殴ったのは事実だ。別に、そこに文句はない」

彼女は立ち上がると、ナタリーたちと向かい合う。

「言いたいことがあるなら筋は通すべき。いきなり押しかけてってのは、よくないことでしょ」

「え……あの……」

ローズを庇いに来たナタリーたち。

だが、ローズはそのナタリーたちに文句を言っている。

この展開に、やはり教員もアルフォンスもついていけずに傍観することしかできなかった。

「あなたたちが、つらい思いをしてたのはわかった。それはしっかり伝えればいい……けど、私の退学云々は関係ない」

その言葉に、ナタリーはすぐさま反論する。

「ち、違います！　ローズ様のなさったことには正当性があったと言いたかったのです！」

「人を殴っていい理由なんてない。それだけは確か」

「でも、でもぉ！　私はローズ様に助けられて！　それで――」

ナタリーは、ローズと言い合うことがつらくなったのか、涙を流してしまった。

ステファニーは、彼女にそっとハンカチを渡して肩に手を置く。

「わかっています。皆はローズ様に感謝しているんですよね。喜んでほしくて、それで来てくれたんですよね」

その言葉に、ナタリーたちは何度も、強く強く頷いた。

ローズはそれを見ていたが、そっと目を逸らした。

「ま、まあ。そうやって庇ってくれるのはかなり、その、えっと……」

ローズの視線は定まらず、よくよく見ると顔も赤い。

そんな彼女に何かを察したステファニーは、ローズの背中をそっと押す。

「ちゃんと最後まで伝えてあげたほうがいいですよ？　ナタリーさん、落ち込んでいますから」

「わ、わかってる」

促されたローズはナタリーの目の前に立った。

ナタリーは、泣きながら何事かと目をぱちくりさせている。

「ナタリー。あなたのやってることは無駄だし、意味はない。けど――私は嬉しかったよ。ナタリーがしてくれたことは、この先一生忘れない」

そう言って、ローズはやや乱暴に掌でナタリーの涙を拭った。

ナタリーは、その瞬間、ゆでだこのように真っ赤になる。

後ろに控えていた他の面々も同様だ。

そしてローズも、そんな彼女たちを見て顔を赤くする。

彼女は、熱を持った頬を隠すみたいに扉へと急いだ。

「わ、悪かったな。手間をとらせて」

「あ、ああ……また何か決まったら伝えるとしよう」

アルフォンスが辛うじてそう伝えると、ローズは部屋から出ていってしまった。

残されたのは、顔を真っ赤にした少女たちと、ローズの意外な一面を見て表情を和（やわ）らげている校長や教員たちであった。

◆

次の日。

処分の沙汰（さた）がまだ伝えられていないローズは、とりあえず通常通り学園に行くことにした。

しかし、いつ何を言われるかわからない。

心構えだけはしつつ身を起こすと、隣のベッドからステファニーが声をかけてきた。

「ローズ様、おはようございます。昨日は眠れましたか？」

昨夜は少しばかり感情的になってしまったと考え込んでいたローズは、その言葉にどきっとする。

が、動揺が伝わらないように淡々と返す。

「あ、ああ。眠れたよ。……ありがと。心配してくれて」

「いいんです。だって、私たち、友達じゃないですか」

「……友達」

まさか、会って間もないステファニーがそんなことを言ってくれるとは思っていなかったローズは、かっと顔が熱くなった。

タイミング悪くベッドから顔を出してきたステファニーがローズを見て、嬉しそうにほほ笑んだ。

「あら？　まさか、ローズ様、照れてます？」

「て、照れてなんかない！」

「いいえ！　絶対照れてますよ！　ローズ様っ」

そう言いながら、ステファニーはローズの腕にからみついた。

うっとうしそうにしつつもそれを受け入れたローズは、顔が熱いまま、学園へ向かう支度をする。

部屋を出ると、廊下にナタリーたちが待っていた。

彼女たちはどこか気まずそうにもじもじとしている。

ローズはあえて目を合わせず横を通り過ぎようとした。

当然、ナタリーたちは昨日のことがあるからショックを受け、うつむいてしまう。

「ローズ様――」

ステファニーが声をかけようとした、その時。

「ほら、ついてこないと置いてくよ」

ローズがそう言うと、ナタリーたちはぱっと花が開いたかのような笑みを浮かべ後ろについてきた。

そこにステファニーも加わり、ナタリーと嬉しそうに両手を握り合う。

「よかったですね！　ナタリーさん！」

「あ、ありがとうございます、ステファニー様！」

後ろで何やら明るくやりとりをしているが、ローズにはそんなことは関係ない。

照れくさいからちゃんと顔を見ないなんてこと、自分にあるはずがないのだ。

ステファニーやナタリーがきゃいきゃい言いながら教室に入ったところ、中の生徒たちが急にしん、と静まり返る。

その妙な雰囲気にステファニーやナタリーは押し黙るも、ローズは関係ないとばかりにずかずかと入っていった。

そこにアルフォンスがそっと近づいてくる。

ローズは気付いていたが、ぷいっと外に視線を向けた。

「やぁ、ローズ嬢。おはよう」

「ええ、おはよう」

「相変わらずそっけない返事だね」

そう言ってアルフォンスは笑う。

ステファニーやナタリーは、彼のほほ笑みにくらっときているようだ。

「あの後、校長たちと話したんだ。一応結末を伝えると、君への処分は保留だってさ。もしかしたら後で何か処分があるかもだけど、退学だとかそんな大げさな話にはならないって言ってたよ」

そんなアルフォンスの言葉を聞いて、ローズは初めて彼を見た。

「……わざわざ話し合いに参加してくれたの？」

「一応ね。僕は王太子だしそれなりに発言力もあるから」

「そう………」

しばらく黙り込むローズ。

再び顔が赤くなるのを自覚した彼女だったが、なんとか言葉を絞り出す。

「あ、ありがと……」

明らかに照れているローズの様子に、アルフォンスが不意打ちを受けたようにのけ反った。

「は、破壊力が抜群ですね！　ローズ様のデレは！」

「ステファニー様、わかります！　わかりますよぉ!!」

鼻血でも出たのか鼻を押さえながらはぁはぁいっているステファニーやナタリーの隣では、アルフォンスが平静を装い咳ばらいをしていた。

「ま、まあ、それだけ伝えたかったんだ。君がいなくなるのは、僕も寂しいからね」

見るからに動揺しているアルフォンスは、ローズをじっと見つめている。

ローズはそんなアルフォンスと真っ向から見つめ合っていた。

――よく言葉の途中で噛むけど、王太子がそんなんでいいのか？

考えていたことはそういう色っぽさのかけらもないことだが。

傍から見たら、美男美女が見つめ合う光景はため息ものだっただろう。

「ちょっと……よろしくって？」

二人の世界に入りかけたローズたちの間に、不意に割り込むものがいた。

皆がそちらを向くと、そこには見るからにお嬢様といった出で立ちの金髪縦ロール美少女が立っている。

「ローズ様。先日もお伝えしたと思いましたが……少々、ご自身の行動を省みたほうがよろしいのではないですか？」

やや苛立った口調ときつい言葉。

それを発したのは他でもない。アリアンヌだった。

「――ここでまたも登場とか！　さすがは悪役令嬢!!」

ローズの横でステファニーがそんなことを小さく叫んでいた。

ローズ自身はめんどくさいなぁ、とため息を吐き、話しかけてきたアリアンヌを、眉間にしわを寄せて見つめた。

対するアリアンヌも、その表情に嫌悪感がにじみ出ている。

「聞きましたわ……なんでも、先生に暴力を振るったとか」

「そう、それで？」

アリアンヌの指摘は事実だ。

だからこそ頷いたのだが、その答えを聞いてアリアンヌの両脇にいる二人が金切り声を上げる。

「まっ！　アリアンヌ様になんて態度なんでしょう！」

「暴力を振るったことを悪びれもせず開き直って！　恥を知りなさい、恥を！」

前に躍り出そうになった二人をアリアンヌが止めた。

ローズは当然、微動だにしない。

「まあ待ちなさい。色々とローズ様にも理由はあるのでしょう……ですが、一つだけ言わせていただきたいのです」

そう言ったアリアンヌが真剣な眼差しをする。

ローズはそれを真正面から受け止めた。

「あなたが何をしようと私には関係ありません。ですが、一緒にいる方々にどのような影響が及ぶと思いますか？　特に……アルフォンス殿下には多大な迷惑がかかるでしょう」

「ん……」

ローズはその言葉を聞いてアルフォンスを見た。

すると、彼はなぜかローズをじっと見つめていたため、目が合う。そのことでローズの頬はまた熱くなる。

「迷惑……なのか？」

「いいや。私は構わない。君といると退屈しなそうだから」

「王太子って……暇なの？」

呟きに、アルフォンスが思わずといった様子で噴き出した。

ローズは、なぜ彼が笑ったのかわからず困惑する。

そんな二人のやりとりを見ていたアリアンヌは、顔を真っ赤にして声を張り上げた。

「一体なんなのですか！　あなたは！　たかが子爵家の令嬢ごときが！　身の程を知りなさい！」

怒り出したアリアンヌの様子を見ながらローズは考える。

そして、彼女がちらちらとアルフォンスを気にしていることに気付くと、ようやくピンときた。

仕方ねぇな、と思いつつローズは立ち上がる。

「そっか。わかった」

「な……なんですの？」

突然立ち上がったローズにアリアンヌは動揺していた。

ローズのスキルは皆が知っているところであり、暴力に訴えられたら勝てないと考えたのだろう。

しかし、ローズはそんな気配なくそっとアリアンヌに近づきため息を吐いた。

「悪かった」

「へ？」

「悪かったと思ってます。確かに子爵家の令嬢が王太子に迷惑をかけるのは示しがつかないでしょうから。心配してくれてありがとうございます」

「え？　へ？」

急に謝罪とお礼を言い始めたローズに呆気にとられたのか、アリアンヌは言葉にならない声を上げることしかできない。

「教師に暴力を振るったのも私が悪い。場合によっては、家が取りつぶされる可能性がありますから」

「え、えっと……そういうこともありえますわ」

「いつもそうやって周囲に関心を持ってくださっていて。さすがは公爵家の令嬢だと思います」

「ふぇ！　えっと……その、ありがとうございます？」

「そ、そうですよ！　アリアンヌ様はすごいのです！」

「子爵家令嬢が調子にのってないがしろにしちゃいけない方なのです！」

ローズの態度に、取り巻きたちは途端に勢いを増した。

だが、アリアンヌは困惑するばかり。

ローズはそんなアリアンヌの耳元に顔を近づけると、そっと囁いた。

「好きな相手の前でわざわざもめ事作らないほうがいいんじゃない？　話は別のところで聞くから。好きな男の前では、もっと可愛くしてたほうがいい」

「なっ――なななあぁぁぁ！」

突然、好きな人について指摘されたアリアンヌは見るからに顔を赤らめ動揺した。

それを見たローズはほほ笑むと、彼女の頬に手を添える。

「なんだ。意外に初心で可愛いね」

「っ――!!」

そこまで言うと、アリアンヌは完全に言葉を失った。

ゆでだこみたいに真っ赤になった顔を隠すように踵を返し、取り巻きたちに声をかける。

「も、もういいですわ！　行きますわよ、あなたたち！」

「は、はい！」

「待ってください！」

突然やって来たアリアンヌたちは、あっという間に去っていく。

ローズはそんな彼女を見て、小さく笑みをこぼした。

アルフォンスは、急に謝り始めたローズの様子を不思議に思ったのか、困惑した表情で問いかけてくる。

「どうしたんだ？　突然。言っていることは理にかなってはいたが……」

「いいんだ。男は黙ってな」

そう言って不敵に笑うローズの美しさに、アルフォンスの顔色も赤く染まっていく。

そうこうしているうちに授業が始まる時間となった。

皆が席に着いたその下――つまり床では、ステファニーが鼻血を出しながら悶えている。

「か、かっこよすぎますぅ～」

そんなステファニーを冷たい目で見下ろしつつ、ローズは大きなため息を吐いた。

◆

「どうしてだ！　なぜ、あの生徒がお咎めなしで私だけがこんな目に!!」

そう叫ぶのは、オナール・ジアンだ。

彼はナタリーや他の生徒たちへの強制わいせつ容疑がかかり、停職処分になってしまった。停職とはいっても、戻る場所などないに等しい。

貴族であるジアンだが、その醜聞はすでに広まっており、誰も彼もが彼を白い目で見つめていた。

「くそっ！　あの女、このままで済むと思うなよ！　絶対に後悔させてやる！」

彼がいるのは、彼が学園から与えられていた研究室だ。今は荷物の整理ということで学園の中に入ることができている。

しかし、これからはきっとこの場に足を踏み入れることすらままならないだろう。

一刻も早くどうにかしなければ、という焦りがそのまま怒りへと変換されていく。

ひとしきり叫び暴れていたジアンは、唐突な物音に振り向いた。

「誰だ」

すると、そこには一人の少年が立っていた。その身なりから高貴な身分だとわかる。

少年は不敵な笑みを浮かべ、おもむろに足を踏み出した。ジアンはそれに合わせ後ずさる。

「な、なんの用だ！」

「くくっ、そんなに警戒しないでくださいよ。一応俺は生徒で、あなたはこの学園の先生なんだから」

何がおかしいのか、薄ら笑いの少年を、ジアンな訝しげな視線で見つめた。

「そう警戒しないでいいですよ？　俺はあんたにぴったりの提案をしに来たんだ」

「て、提案だと？」

少年は迷いなく足を進め、ジアンと向かい合って机に手を置く。

「俺は、恨みがあるんです。このままじゃ腹の虫が決して治まらない。いっそ殺してもいい。それくらい憎い相手がいるんですよ」

ジアンは、少年の顔をじっと見つめていた。

「だから、俺はこれから色々な伝手を頼ってその相手に生まれてきたことを後悔させたい。あぁ、ご心配には及びません。大抵のことは揉みつぶせますから。俺の家は爵位が高いもので」

ジアンには目の前の少年の真意がわからない。

だが、恨みがある、という共通点に妙なシンパシーを感じた。

「そして、きっと、俺とあなたの憎しみの矛先は一緒です。そう、俺が恨みを持つ相手は――」

――ローズ・シャレットだ。

少年の告白に、ジアンは目を見開いた。

まさか、同一人物に恨みがあるとは思わなかった。

だが、まだ疑いの念は消えない。さらなる罪を着せるつもりかもしれないからだ。

「その、ローズ・シャレットというものがどうかしたのか？　私は忙しい。そんな用件なら帰ってくれ」

「ふふっ。確かに、いきなりこんな話を聞いて警戒するのはわかる。なら、こうしよう。これから一緒にディナーでもどうですか？　そこであなたは何も話さなくていい。俺が考えた計画を聞いて、協力するかしないかを決めてくれればそれでいい。あなたにデメリットはないはずだけど？」

そう言って片手を出す少年。

ジアンは、その少年の手を見つめながら、一つだけ質問をした。

「お前は……」

「ん？」

「お前の名前は？」

その質問に、少年はニヤリと口角を上げる。

そして決して笑っていない目をジアンに向けて、小さく名前を告げた。

「シメオン・グリエットだ」

ジアンはその名前を聞き最初は困惑していたが、すぐに笑みを浮かべる。

彼は無言でシメオンの手を握り、そのまま二人はその場から姿を消した。そして、彼らの姿を学園で見ることはなくなった。

◆

アリアンヌ・ジェリオ。

この王都で彼女を知らぬものはいない。

国に三つしかない公爵家の令嬢であり、家の権力もさることながら、その高飛車な性格や傲慢（ごうまん）さは社交界でも有名だ。

その権力にすがりつく取り巻きは多くいた。

だからだろう。彼女は、望むものはすべて手に入れられたのだ。

「世界で一番珍しい宝石を持ってきてください」

十歳の誕生日に父にそう言ったら、国中を探してくれた。

そうして手に入れた宝石はネックレスに加工し、今も首に下げている。

ゴールデンダイヤモンドと呼ばれる、黄金に輝く金剛石（こんごうせき）。

強い魔力を持つ、神からこぼれ落ちた雫（しずく）とも言われる宝石を簡単に手に入れたのだ。

それからも、彼女はあらゆるものを手に入れた。

「世界で一番美味（おい）しい食事を持ってきなさい」

「世界で一番価値のある絵が見たい」

「世界で一番贅沢（ぜいたく）な服を用意しなさい」

そのすべてが手に入ったのだ。

彼女には、手に入らないものなど何もなかったのだ。

だからこそ、異性でさえも当然のように手に入れられると思っていた。

そんな彼女が見初めたのは、この国の王太子であるアルフォンス・ブリエ。

彼は、完璧な外見、完璧な能力を持つ、世界で一番素敵な男性だ。まさに自分にふさわしい。

「ねぇ、お父様。私、アルフォンス殿下の妻になろうと思うの」

だが、その期待は無情にも裏切られる。

「それは君の努力次第だ。殿下に見初められるよう頑張りなさい」

父親からの、初めての突き放すような言葉だった。

いや、実際はそうではなかったのだが、彼女にはそう思えたのだ。

自分が欲しいと言ってるのに、なぜ手に入らない？

その事実を突きつけられると胸が張り裂けそうだった。

漏れ出そうな慟哭を抑え、爪を立て胸元を掴む。

これまで感じたことのない痛みを、アリアンヌは感じていたのだ。

「どうしてアルフォンス殿下はすぐ手に入らないのよ！　あんなに！　あんなに――」

彼のことを考えると、自分が自分でなくなりそうになる。

後に、これが恋だと知ったアリアンヌは、熱烈にアルフォンスに恋心を募らせていった。

そして迎えた、入学前の夜会。

今までも彼と会ったことはあったけれど、学友として同じ学(まな)び舎(や)で生活する前夜祭。

彼女にとって、その日は特別なものだった。

彼との物語は、ここから始まるのだと意気込んでいたのに——

彼が見つめていたのは自分ではなかった。

熱のこもった視線。

あの視線を知っている。あれは、自分と同じ恋するものの目だ。

アリアンヌは、彼の視線の先にいた女性の姿を目に焼き付けることしかできなかった。

その美しい令嬢の名はローズ・シャレット。

子爵家の令嬢である彼女の評判はあまり聞いたことがなかった。

怪力のスキルを持ち、過去に何度もそのスキルによって事故を引き起こした記録が残っている程度である。

幼少期から自宅に引きこもっていたらしい。それが、学園入学に伴(ともな)って表舞台に出てきたのだ。

疎(うと)まれていた彼女のどこに、彼が惹(ひ)かれるところがあるのだろうか。

興味は恨みになり、恨みは憎しみへと姿を変える。

そうして、アリアンヌにとってローズは敵になった。

だけど、ローズの行いは権力を笠に着ていた自分とは違い、正しくはないけれど潔(いさぎよ)かったのだ。

夜会で失礼な男から淑女を守り、教師から言い寄られていた女性を守り、想い人の前で恥をさらすところだった自分のフォローまで行い。

そして、格好よくほほ笑みかけてくれた。

この心にはびこる感情の統一感のなさは、なんなのだ！

胸の内で叫ぶ彼女は混乱の極致にいた。

自分が手に入れようとしていたはずのアルフォンス殿下の視線を独り占めにしている彼女のことを、憎んでいたはずだ。

けれど、彼女は自分を助けてくれた。

その出来事や行動すべてに格好いいと思う感情も、確かにある。

相反する二つの感情を処理し切れなかったアリアンヌは悩みに悩んだ。

そして、どうすればいいかわからなくなった。

「私は公爵令嬢として、ふさわしい姿を見せていないといけないのに……。どうして、こんなに取り乱してしまうのかしら」

彼女は自分の立場を理解している。

使える権力は使うし、自分が公爵家の一員としての自覚を人一倍持ち、周囲へも貴族としての矜持(きょうじ)を求めた。

若干――いや、大分権力の使い方が強引だった部分もあるが、基本的にはしっかりとプライドをもって生きていた。

だが、今はそんな自分とはかけ離れている気がしたのだ。

自分を慰める取り巻きたちを放って、彼女がたどり着いたのは学園の中庭。

色とりどりの花を眺めていれば気も紛れるだろうと思ったのだ。

そして、しばらくそこで空を見上げていると、声をかけてくる男がいた。

「美しいお嬢様。少しよろしいですか？」

視線を向けたところ、そこには執事服を着た男が立っている。

彼の顔はなんと表現してよいものかわからなかった。

整っているけれど印象に残らない。目を引くのに、どうしても記憶から抜け落ちてしまう。

そんな、不思議な男だった。

最初、アリアンヌは無視しようと考えていた。が、ずいと視界に入り込んでくる彼を見て、なぜか言葉を返さねばと思ってしまったのだ。

「今は忙しいの。どこかに行って」

「まあまあ、そう言わずに。あなたにとって面白い話を持ってきたのです」

「面白い話？」

面白い話と聞いて、少しだけ食指が動く。

それを見逃さなかったのだろう。男はにんまりと口角を上げて目を細めた。

「えぇ。あなたには憎い人がいると思うのですが……」

アリアンヌはピクリと眉をひそめる。

「別にいないわよ、そんなの」

「えぇえぇ、隠さなくてもいいのです。面白い話というのはですね。簡単なことです」

——その憎い相手に、この世界から退場していただく方法ですよ。

アリアンヌはその言葉を聞いて、目の前の男に鋭い視線を向けた。

「何を言っているのですか？」

「おや？　お気に召しませんでしたか？　憎い相手には消えてほしいと願うもの。それは、人間として当然の感情ではないですか？」

「人に憎しみを抱くのは心が弱いからよ。ましてや私は公爵令嬢。人の上の立つものとして、憎しみではなく慈しみを持たなければなりません」

「その胸にうごめくどす黒い感情もあなた自身です。自分を否定せず、受け入れてあげることも必要なのでは？」

「仮に憎んでいたとして、その相手と相対するのは私自身です。誰かに何かをしてもらう必要はないわ」

「人一人の力には限界がありますし、得手不得手もありますから。どうでしょう？　少しだけ、私にお力添えをさせてくださいませんか？」

「いい加減になさい。必要ないとっ——言っているで、しょう」

突然襲ってきた眩暈。

アリアンヌは額に手を当てながら、思わずしゃがみ込んでしまう。

その隙を逃さず、ぬるりと近づいてきた男は、アリアンヌの耳元で囁いた。

「いいのです。もしもの時に頼ってください。憎んだ相手に消えてほしいと、石に願うのです。すべてを消してほしいと、そう願うのです」

男の言葉を聞く彼女の瞳は輝きをなくし、ぼんやりと空中を見つめている。

その様子を覗き込んだ男は、にんまりと口角を上げた。

「くくっ。頑張ってくださいね。私は、あなたの成功を祈っていますよ」

そう言って、アリアンヌの首元に手を回した男はすぐに離れ、その場から消え失せる。

しばらくすると、アリアンヌははっと我に返ってあたりを見回し、首を傾げて腕を組んだ。

「私、今、何を——何？　このネックレス」

彼女の首元には見慣れないネックレスがかかっていた。

不思議ではあるけれど、トップについている石の輝きに目を奪われる。

「でも、可愛いわよね。ならいいわ」

アリアンヌはそう言いながら、ネックレストップを胸元にそっとしまい込んだ。

彼女の中では、とても自然にネックレスを受け入れていたのだった。

## 第三章

ローズが通っている学園には、当然休みもある。

七日に一度の安息日と呼ばれるその日は、生徒たちには自由が与えられていた。

これは国全体の休日であり、信仰があついものは教会で祈りを捧げたりする。

国教の教えもあって、ほぼすべての国民が唯一神をあがめており、当然ローズも知っていたが、ローズは教会に行くなんて柄ではなく、最近の休みはステファニーやナタリーと過ごすことも多かった。

そして安息日である今日。

ローズはステファニーと本日の予定について話していた。

「ステファニー。今日はどこかに行くの？」

以前は様をつけて呼んでいたが、友人と言ってくれたステファニー相手だ。そんな相手とずっと同じ部屋で過ごしていたら素が出てしまうのはしょうがない。

いつの間にか彼女を呼ぶ時は呼び捨てになっていた。まあ、ステファニーはむしろ喜んでいたけれど。

「ええ。実は、実家に顔を出さなくてはならなくて」

「そうなんだ。もう出るの？」

「急ぎじゃないですけどね」

ステファニーはそう言うとほほ笑んだ。

彼女は両親と仲がよいそうで、こうしてたまに実家へ帰る。

ローズは、母親というワードにすら寒気を感じてしまうため、会うなどとは全く考えもしなかった。身に染みついた恐怖がよみがえらないよう、基本的には学園で過ごしていたのだ。これぱっかりはどうにも拭えない。

「ローズ様と離れるのは寂しいので……できれば、ローズ様分を補給したく……」

ステファニーはそう呟くと、なぜか両手を熊みたいに構えてローズににじり寄ってくる。

「な……何？」

「ちょっと……失礼しますよぉ!!」

ステファニーはそう言い、がばっとローズに覆いかぶさる。

が、それを無条件に受け入れるローズではない。しっかりとステファニーの頭を掴み、暴挙を抑え込んでいた。

「いきなり何？」

「あぁ～～、ぎゅってしたかったのに～！　ぎゅって～！」

あまりにも簡単に妨害され泣き崩れるステファニー。ローズはそれを見て思わずため息を吐いた。

「ほら。馬鹿なこととしてないで早く行く。ご両親、待ってるんでしょ？」

「それとこれとは話が別です……行ってきます」

ステファニーはそう言うと、肩を落として出かけていく。

まだ髪もぼさぼさのままのローズは、寝ぼけ眼でステファニーに手を振る。

「ああ、行ってらっしゃい」

ばたん、とドアが閉められた。

その音の余韻が消え去り、部屋には静寂が訪れる。

「ふぁ……はぁ」

あくびをしながらもう一度寝ようとベッドに横になるも、いまいち寝付けなかった。

何度も寝返りを打っているうちに、寝るのをあきらめる。

「ぷらぷらするか……」

ローズはそう独りごつと、長い髪を梳かし身支度を整えていくのだった。


外に出ると、空は明るかった。

もう十分に日がのぼっており、お世辞にも早起きとは言えない。

お腹が減ったな、と思いながら、休みでもやっている食堂へと足を向ける。これまでの休日を利用し、何度か通っていた店だ。

すると、その途中でナタリーを見かけた。

おそらく友人と出かけているところなのだろう。数人の集団で、きゃいきゃいと楽しそうだ。

ぼんやり眺めていると、ナタリーがローズに気付いた。

「あっ!! ローズ様!」

ローズは目を合わせ、小さくほほ笑み手を上げる。

「どこか行くの?」

「ええ! 友達と一緒にお買い物です! ローズ様はどこに行かれるのですか?」

「朝ご飯。気を付けて」

「はい！　では失礼しますね」

華奢な背中が見えなくなると、ローズは頭をぽりぽりとかきながら改めて食堂へと向かった。

「おばちゃん。ご飯ちょうだい」

「あいよ！　いつものでいいかい？」

「ええ」

ローズはそう答え、渡された朝食の盆を持って席に着く。

大体は、パンとサラダとソーセージ、そして目玉焼きといったメニューだ。

本当ならご飯がいいのだが、この世界では今のところご飯を見かけていない。

パンも嫌いじゃないから別にいいけれど、たまには食べたくなるのが日本人というものだ。前世の記憶とはやっかいな代物である。

軽いメニューなのであっという間に食べ終わってしまったものの、ローズはフォークを皿の上で遊ばせる。

最初の頃はよくあったが、最近では一人で過ごす休日などほとんどなかったのだ。

手持ち無沙汰になったローズは、どうしようかと思い悩む。

「……適当に街でも歩いてみるか」

いつもはステファニーやナタリーに連れられて歩くことが多い。

でも、たまには自分の気の向くまま歩いてもいいだろう。

そんなことを考えたローズは、食器を下げるとゆったりと街へ向かった。その足取りは、どこか軽やかだった。

王国を象徴する城下町。それがここ、王都ヴァッサーである。

ブリエサンド王国はとても巨大な国であり、王都を訪れる人々も相当な数だ。

人種や身分も様々で、いかにも貴族令嬢であるローズが街中を歩いていても、なんら違和感はなかった。人込みの中、彼女はなんの気なしに歩いている。

ふと興味を引いたのは、屋台が並ぶ市場だった。

普段見ることのない色とりどりの香辛料や、なんの動物かわからない大きい肉の塊。

日本じゃ見られたものじゃない腐りかけの魚や、ローズの大嫌いなピーマンに似た野菜の専門店もある。

屋台を見たところ、美味しそうな串焼きがあり、思わず引き寄せられそうになってかぶりを振った。

そんな誘惑から逃れた彼女の目に飛び込んできたのは、鮮やかな赤。

ローズは、野菜が並んでいる一角に積まれたトマトの山に手を伸ばした。

「へぇ……これなんか美味しそう」

ローズが自分の赤い髪と同じ色のトマトを手にとって呟くと、店の主人は気をよくしたのか大声で話しかけてくる。

「おぉ！　お嬢ちゃん、わかってるね！　いやぁー、もう十分にべっぴんさんだが、うちのトマト食べたらもっと綺麗になっちゃうよ！　あんたみたいな美人なら一個と言わずに二個おまけしてやるからよ！」

「えっと……いや」

突然美人と言われたことで、ローズの頬は熱くなった。

彼女の様子を見て、店主は呆れたように頭をかく。

「なんだ、お嬢ちゃん。照れてんのか？　顔がうちのトマトみたいだぞ？」

「う、うるさい！」

「はは！　まあ、気が向いたら買っていってくれよ！」

そんな言葉に後ろ髪を引かれつつ、ローズはその場を後にする。

美人という言葉を真に受けたわけではないが、男の人からそう言われるのは妙に照れた。

前世を含め、あまり言われたことがなかったからだ。

「適当なことばかり言いやがって……」

照れを誤魔化すようにその場から足早に立ち去ったローズは、ふと視線を感じた。

振り向くも、そこには人がたくさんおり、誰が見ていたかわからない。

ローズは訝（いぶか）しげな表情を浮かべつつも、再び歩き出した。

そして、なんの気なしに路地に入りしばらくしたところで、後ろに着いてくる複数の気配を感じる。

立ち止まり振り向くと、その気配も明らかにローズに合わせて立ち止まった。そこにいたのは三人のごろつきだ。

「さっきからつけまわして……なんの用？」

ローズが聞くと、真ん中の男がいやらしい表情で彼女をじっとり見つめる。

「ひひっ！　そんな言葉遣いしやがって、可愛いじゃねぇか。怖ぇんだろ？　怖がらなくてもいいぜぇ。俺たちがたっぷり楽しませてから家に送り返してやっからよ」

「は？」

「兄貴ぃ、怖くて固まっちまってますぜ。もっと優しくいかないと」

「あ？　十分優しいだろうが！」

「いや、兄貴は顔が凶悪ですから」

「うるせぇな！　お前は一言多いんだよ！」

何やら楽しそうな男たちに、ローズは感情のない声で問いかけた。

「それで、あなたたちは何をやるって？」

「あ？　なんだ、なんだ。威勢がいいな。そんなの決まってんだろうが！　女に生まれた喜びを教えてやるって言ってんだよ!!」

「ぎゃははは！　兄貴！　俺、兄貴の次でいいんで、さっさと終わらしてくださいよ！」

「まあ、焦るな。これだけの女だ。可愛がりがいがあるだろうさ!!」

確定だ。目の前にいる男たちは女の敵である。

女性を無理やりどうこうしようという考えがそもそも気に入らない。そして行動に移すのはもってのほかだ。

ローズはためらわず近づくと、兄貴と呼ばれていた男に向かって右ストレートを繰り出した。瞬間、大柄な男が吹き飛んでいく。

「なんだぁ、おめぇばっ！！！」

もう一人がローズに怒鳴りかかるが、すぐさま彼女は体をひねり、回し蹴りを打ち込む。

隣にいた小柄な男も、同じように蹴りを入れて壁へと突き刺した。

あっという間に、路地裏には静寂が戻った。

メリケンサックをつけていなかったから、ちょっとだけ手が痛む。

ローズが無意識に手をさすっていると、路地に走り込んでくるものがいた。

——新手か？

そう思ったが、聞こえてきた声に肩の力を抜く。

「ロ、ローズ嬢！　大丈夫か⁉　って……もう倒れている？」

「ええ。少し遅かったですね。それよりも、どうしてここに？」

路地裏に走り込んできた人物。

それは、王太子でありローズの同級生でもあるアルフォンスだった。

「いやー、びっくりした。たまたま街を歩いていたら、ローズ嬢が歩いているんだから」

男たちは衛兵を呼んで任せ、ローズとアルフォンスの二人は揃って大通りに戻った。

歩きながら、アルフォンスはどこかわざとらしい口調で、そっぽを向いて話す。

ローズはその言葉を無表情で聞いていた。

「声をかけようと思ったら、突然路地に入るし、それを追っかける男たちがいるし、びっくりして駆けつけたら男は二人とも倒れているし。相変わらず規格外だね、ローズ嬢は」

「余計なお世話です」

「まぁ、そうなんだけど……それよりも」

「ん？」

ローズがアルフォンスに視線を向けると、彼は緊張したような表情で彼女を見つめていた。

「よかったら、これから一緒に街を歩かないか？　一人で暇を持て余していたんだ」

たまたま向こうもこちらも一人きり。

ローズは断る理由もなく、ぶっきらぼうに承諾の意を告げた。

「それで？　アルフォンスはどこに行こうと思ってたの？」

「私かい？　一応市井（しせい）の様子を定期的に見に来ることにしてるんだ。だから、特に目的地というのはないよ」

「そう、一緒ね」

何か暇つぶしになればと思っていたローズだったが、隣にいる男も自分と同じように暇を持て余しているだけだと知ってため息を吐いた。

だが、アルフォンスはその目の輝きを保ったままローズへ話しかけてくる。

「ローズ嬢は王都には詳しいかい？」

「いえ？　そこまで詳しくは」

「なら、私はそれなりに詳しいからね。おすすめの場所を案内しようか」

「えっと……」

特にやることがなかったローズにとっては渡りに船である。

面白いことがあればいいと、にやりと笑みを浮かべた。

「付き合いましょう」

「なんか私が無理に誘ったみたいじゃないか」

「事実じゃなくて？」

「まあ、いいんだけどさ」

そんなとりとめのないことを言い合いながら、二人は王都探索（たんさく）に乗り出したのだった。


「ここは？」

「ここかい？　若い女性の間で流行中のお菓子屋さんさ。ローズ嬢は甘いものは好きかな？」

ローズの視界には、やたらとパステルカラーがちりばめられた店がたたずんでいた。

その建物に若い女性が次々と吸い込まれては、幸せそうな顔で出てくる。

中でお菓子を食べることもできるのだろうか。甘く、美味（おい）しそうな匂いが漂（ただよ）ってきた。

「き、嫌いじゃないけど……」

「ん？　そんなに好きじゃないだろうか？」

すでにローズの目にアルフォンスは映っていない。

窓越しに見えるお菓子と、香り。それらに思考のすべてが奪われている。

「好きじゃないなら無理しないでも――」

「好きじゃないなんて言ってない!!　ぶっ飛ばすぞ！」

とっさに出た場に似つかわしくない言葉で、周囲の視線をあっという間に集めたローズ。

さすがの彼女もいたたまれない気持ちになり、うつむいた。

ローズは、あまりお菓子を食べてこなかった。

体が弱く、引きこもりがちだった娘に、両親は健康にいいものをと色々と食べさせてきたが、その中に当然お菓子は入っていない。

前世でも、見た目や素行のせいでお菓子屋さんに行きたい、などと言えるわけもなく。

レディース仲間が甘いものにはしゃいでいる時は、無関心を装いそっぽを向いていた。

だから、自分には似合わない、と思いつつも食べたかったのだ。

その思いを見透かしたかのようにほほ笑むアルフォンスは、ローズの手をそっと握り店内へ誘う。

「手……なんで手をっ」

「いいから。甘いものを食べるのは恥ずかしいことじゃない。さぁ、行こう」

そう言って前を歩いていたアルフォンスが唐突に転ぶ。

見ると、店の入り口が一段高くなっていた。

アルフォンスは、転んだ事実を誤魔化そうとしているのか、さっと砂を払い先ほどと同様の甘いほほ笑みを向けてくる。

「すまないね。今度こそ――」

「耳、赤いけど」

ローズがそう突っ込むと、彼は顔を真っ赤にしながら一瞬固まった。

そしてぎこちなく振り返り、仕返しのようにローズへ反論する。

「君よりましさ」

互いに顔を赤らめながら、二人はようやくお菓子屋さんに入ることができたのだった。

お菓子屋さんから出た二人は、当然手をつなぐこともなく道を歩いていた。

入店した時と違って、アルフォンスの持っている荷物が多い。

同じお菓子屋さんから出た周りの人と比べても数倍の荷物を持っている彼に、通りすがりの人々が視線を向けていた。

「それにしても……本当に甘いものが好きなんだね。こんなに買うなんて思わなかったよ。店員さんもびっくりしていたね。私としてはローズ嬢の好みを知れて嬉しいが」

そう、アルフォンスが持っているのは、ローズが買い込んだ菓子だ。

「別に、初めてだからって浮かれてたわけじゃ――」

「いや、大分浮かれていたと思うんだけど……」

アルフォンスの言葉を聞いたローズは、歩調を速める。

「あ、ちょっと待ってくれ……悪かった。もうからかうのはやめるよ」

慌てたように追いかけてくるアルフォンスを見て、そこまでむきになることはないかとローズは小さく肩を竦めた。

アルフォンスも、そんな彼女に苦笑いする。

「それで……次はどこに案内しようか？　ご希望の場所はあるかな？」

「別に、ないけど」

「くくっ、そうだった。君はそういう人だった。ならそうだね……こんなところはどうだろうか？」

そう言ってアルフォンスが向かったのは、服飾店だった。

店に飾られている服はどれも煌びやかで艶やかだ。

「さぁ、どうだい？　ここも若い女性に人気の服飾店なんだが――」

そう言いながらアルフォンスは振り向くが、ローズはちょうどあくびをしているところだった。

さすがに連れてきてもらってあくびをしているのは失礼だと思い、咄嗟にそれを押し殺す。

「今度は本当に興味がなさそうだね」

「服なんて着られればいいと思ってるから。最近はステファニーが色々と口うるさいけど」

「ステファニー嬢の感性が普通だよ？　君は飾ればより美しく咲けるのだから」

「ばっ――、くだらないこと言わないで！」

アルフォンスが時折挟んでくるローズへの褒め言葉。

いつもあまりに突然だから動揺してしまう。

彼に褒められると、なぜか心がざわついて言葉がうまく出てこない。

「ほ、本当さ！　私は立場上、色々な人へ耳触りのよいことを言っている自覚はある。だが、ここまで言うのは君だけなんだ。それくらい君のことを美しいと思っている」

顔を真っ赤にしながらローズに想いを告げるアルフォンス。

その言葉を聞かなかったことにしようとローズは後ずさるが、そうはさせまいとアルフォンスが手を掴んだ。

「今度こそ伝わったかい？」

「そんなこと……言われたこと、ない」

「でも、事実そう思ってる」

手を振りほどこうと思えば簡単に振り払える。なんと言ったってローズのスキルは『怪力』だ。

それに、前世譲りの格闘術もある。

だけど、今はなぜかそれが発揮できなかった。

同時に、目を潤ませながら想いを告げるアルフォンスから視線を外すことができなかった。

――どうしたらいいんだろう。

互いに次の一言が言い出せない。

そんな硬直状態から救ってくれたのは、服飾店の店員だ。

「そちらのお嬢様。少しよろしいでしょうか？」

「え？」

「素敵な殿方がご一緒なのですから。ぜひプレゼントしていただいたらいかがですか？　きっと、お美しいあなたにお似合いのものがありますよ」

「別に——」

「さぁさ！　こちらのドレスですが、一番上のレースを見てくださいまし。こちらは特殊な編み方をしておりまして、透けるような薄さが特徴でございます。これを活かして、レースの下の布地の細かい部分を見せる、大変に手の込んだドレスです」

「いや、私は——」

「それだけではありません！　体にフィットする立体構造もポイントでございます。見てくださ い！　この美しいライン！　折れそうなほどのウエストを！　あなた様が着てくだされば、とてもとても似合うこと間違いなしでございます！」

「少しうる——」

「お嬢様。もしかして耐久性を気にしてらっしゃいます？　ご心配には及びません。表の布地は見た目重視ですが、内側のペチコートは、実は魔力が宿った一点物でございますよ！　魔力が込められたペチコートは、暑い日は涼しく、寒い日は温かくしてくれる機能と、すれても毛羽立たないといった耐久性を併せ持っております！　なんでも、有名な冒険者が剣で斬りつけても破れなかったとも言われており——」

「ねぇ、そこんとこ詳しく聞かせて」

ローズは店員の説明を問答無用で断ち切って質問をした。

気になったのは、耐久性のところだ。

今、彼女はメリケンサックを使っている。そこに布を巻きつけて手を保護しているのだが、その布はすぐにダメになってしまう。

剣で斬りつけても破れないほど強い布ならば、手の保護に最適かもしれない。

店員の説明よりも長い論争の末、ローズはアルフォンスに買ってもらったのだった。

耐久性のある白い布を細く長く切って、メリケンサックと手の保護用に。

アルフォンスはそれを見て、さっきまでの甘い雰囲気とのギャップに顔を手で覆って(おお)いる。

「なんていうか……初めてだよ。プレゼントをしてこんなにも居たたまれない気持ちになったのは」

肩を落とした彼の目の前では、ローズがとんでもなく鋭い視線で自分の拳とメリケンサックを見つめていた。店の外に出てすぐ、彼女はメリケンサックをはめて素振りをする。

「これはいい……締め付けた感じも、殴りつけた感じも、このために作られたかってくらいにしっくりくる」

「そうか……それはよかったよ」

「ああ！　ありがと、アルフォンス!!」

「っ――!?」

アルフォンスは言葉を失った。

口をパクパクして、何やら魚みたいだ。

めずらしく素直にお礼を言ったのにその態度はないだろうと、ローズはややむっとした。同時に、そういえば呼び捨てはまずかったなと切り替える。

「あ、そっか。申し訳ありません、アルフォンス殿下？」

「い、いや！　いいんだ！　さっきの呼び方で構わない」

「さっきの呼び方って……呼び捨て？」

「ああ、そうさ。そっちのほうがいい」

どこか必死な様子に、ローズは笑みをこぼした。

「じゃあ、アルフォンスで。っていうか、どうしたの？　変な顔して」

「え⁉　変な顔だって⁉　それを言うなら、君だってひどいじゃないか！」

「どこが」

「あんなに可愛い笑顔を向けられたら……私だって何も言えない」

「っ――⁉」

潤(うる)んだ瞳でそっと囁(ささや)いてくるアルフォンス。

そんな彼に、ローズも思わずたじろいだ。

気恥ずかしくなった彼女は、アルフォンスを置いてスタスタと歩き始める。

「ちょっ――⁉　ローズ嬢、どこに行くんだい？　待ってくれ‼」

「いや、待たない！」

ローズはそう言いながら、街を駆け抜けていく。

アルフォンスもそれに追いすがろうと、やはり必死になって追い駆けていった。


ローズがようやく心臓の高鳴りを落ち着かせた頃。

たどり着いたのは街のはずれ。

周囲に城壁はなく、何か危険が迫れば簡単に侵入されてしまう場所だ。

そこには貧相な建物が立っていた。その屋根には、前世で見なれた十字架がそびえている。

「ここは？」

ローズは問いかけた。

アルフォンスはローズを追う間、さりげなくここに誘導するような動きをしていたのだ。

「ここは、孤児院だよ」

「孤児院？」

「ああ……ちょっとした思い出の場所でね。よく来るんだ」

「ふーん」

二人がしばらく孤児院を見つめていると、そこから一人の少女が出てきた。

手にはバケツらしきものを持っている。水を汲みに行くのだろうか。

そうして眺めていたところ、その少女はすぐにアルフォンスを見つけ、満面の笑みを浮かべ大声で叫ぶ。

「あ！　お兄ちゃんだ！　みんな‼　お兄ちゃん来たよ‼」

その声につられて、孤児院の中からたくさんの子供たちが出てきた。皆、一様に笑顔だ。

「あ！　お兄ちゃん！　最近来ないから心配したんだぞ！」

「かくれんぼしよ！　かくれんぼ！」

「何言ってんだよ！　鬼ごっこだろ」

「お兄ちゃん……今日はご本読んでほしいな」

「本なんか退屈だよ！」

「なんだよ！」

「なによ！」

喜びの声が上がったかに見えたが、すぐに子供たちで喧嘩を始めてしまう。

アルフォンスはその様子を見て、間に入っていった。

「おいおい、私が来て喧嘩になるのは困るな。それに今日はお出かけ中でね。あまり時間はとれないんだよ」

「えー！」

「いいじゃん、ちょっとくらい遊ぼうよ！」

「今日は少し顔を見に来ただけ。だから、我慢――」

「いいけど？」

そうローズが言うと、アルフォンスは目を見開いて彼女に視線を向ける。

「え？　いいのかい？」

「元々、目的があったわけじゃない。この子たちもアルフォンスに遊んでほしいんでしょ？　なら遠慮しなくていい」

ローズの言葉に、子供たちは急に色めき立つ。

「いいの!?　ありがとう、お姉ちゃん！」

「あ！　お姉ちゃんも一緒に遊ぼうよ！」

「え？　私が？」

「いいじゃん！　どうせお兄ちゃんと一緒にいるんだから、遊んだっていいでしょ!?」

「そうだよ！　暇だったら遊べ遊べ！」

ローズが断ろうとするも、子供に理屈は通用しない。

すぐにアルフォンスと同じように子供によじ登られて、二人はオブジェと化した。

「ねぇ、これって……」

「そうさ……。これは、子供たちが疲れて寝転がるまで不休の試練さ」

「そんな試練あってたまるかよ！」

「君もすぐわかるよ……世の中には抗えないこともあるんだと……」

そんな馬鹿みたいなやりとりをしながら、二人は子供たちの渦へと呑まれていくのだった。

散々子供と遊び、くたくたになったローズは夕食前になってようやく解放された。

ふらふらになりつつ孤児院の横の丘に倒れ込むと、すでにそこには先客がいる。アルフォンスだ。

「ローズ嬢。ずいぶん楽しそうに遊んでいたね。どうだい？　子供たちは元気だろう」

「元気なんてもんじゃない……もう無理だ……あー、疲れた」

ローズはそう言って仰向けに転がった。

空はいつの間にか茜色に染まっており、早く帰らねばと少し焦ってしまう。

それでも、すぐに帰る気にはなれないローズは、ふと隣にいるアルフォンスを見た。

「こんなことしていいの？　王太子様が」

「ダメな理由がないさ。気持ちいいじゃないか。労働の後の休息は」

「あれは労働っていうの？　案外、楽しそうだったけど」

「……まあね」

満更でもない表情を浮かべたアルフォンスは、ローズと同様に空を見上げた。

その表情がとても自然で、自分と同い年の少年らしい笑顔で。

ローズは、そんなアルフォンスを見て自分も自然と表情が和らいでくるのを感じた。

普段の彼は、王太子という重責を背負いながら生きているように見える。

だからこそ、言動や細かい所作にも気を使っているのだろうが、今はどこまでも自然だ。

「普段からそうしてればいいのに」

「え？」

「今のほうがいい顔してる」

「そ、そうかな!?」

ローズが褒めると、相変わらずすぐに赤くなるアルフォンス。

それを見て、どこか気をよくしているローズがいた。こんな時間がもっと続いてくれればいいのに、と。

そのまま二人は夕日が沈むのを眺めていた。

ふいに、アルフォンスが口を開く。

「昔ね」

その声に、ローズは視線だけを彼に向けた。

「父上の視察に同行して孤児院に来たことがあったんだ。その帰り道、私は死にかけてね」

「死にかけた……？」

「うん。でも、その時、私はある少女に助けられたんだ。今でも孤児院に来ると、その時のことを思い出す」

「ふぅん」

ローズはなんの気なしに相槌（あいづち）を打つ。一方、アルフォンスの表情は曇（くも）っていた。

「いつか会えるって思ってたんだけど……その少女とはいまだに会えていない」

「何者だったの？　そいつは」

問いかけに、彼は自嘲するように笑う。

「ははっ、それが全く覚えていないんだよ。顔や助けられた事実は鮮明に覚えているのに、その人の名前や出自なんかはわからないんだ。動揺しているうちに聞きそびれてしまってね……」

アルフォンスは空に向けて手を伸ばし、そっと拳を握った。

ローズはその様子を一瞥(いちべつ)すると、すぐに空へ視線を戻す。

「それで？」

「え？　ああ。なんだろうな……特に理由はないんだけど、急に話したくなったんだ」

「そっか」

ローズはそれきりそっぽを向いた。

だが、アルフォンスはローズの様子などお構いなしに語りかけてくる。

「なんとなく知っていてほしかったんだ……。私は、その時のことを思い出したくて……そして、ここに通っていたらまた帰り道、あの人に会えるんじゃないかって期待していることを……そんな理由でここに来ているってことをね」

ローズはそのまま押し黙る。

アルフォンスの独白になんの意味があるかなんてわからない。

けれど、それを話してくれたという事実が、気持ちを妙に惑わせていた。

照れくささと緊張。

その二つがないまぜになり、ローズの心をかき乱していく。

その乱れを押し殺すかのように、彼女は目を強くつぶった。

なぜか瞼(まぶた)の裏に過去の記憶がよみがえってくることには、気付かないふりをして。

# 第四章

安息日の翌日。

「ほら！　早くしないと遅れてしまいますよ！」

同じ部屋の住人であるステファニーが声を上げている。

ローズが目を開けたところ、彼女の顔が近くまで迫っていた。

時計を見ると、もうそろそろ部屋を出ないと授業に間に合わない時間だ。慌ててローズは飛び起きた。

「寝坊した」

「ずっと起こしてたじゃないですか！　寝起きの顔を見られるのは眼福ですけどね、ぐふふ」

怪しい笑い声とともに着替えの様子を眺めているステファニー。

別に同性だから気にしない。けれどあまり見られるのも気分が悪いとじろりと睨みつけると、ステファニーは舌を出してそそくさと離れていく。

その様子に苦笑いを浮かべ、ローズは淡々と支度を進めていった。

とりあえず口にパンを突っ込み外に出る。

あまりの令嬢らしからぬ行動に頭を抱えるステファニーだが、ローズは前世でもこんなことをよくしていた。

それこそ、コンビニの駐車場が食卓なんていうのもざらだったのだ。

ローズは慣れた様子でパンを呑み込むと、焦った様子で手招きするステファニーをゆっくりと追いかけた。

「そんな焦らなくても、教室は逃げないから」

「でも遅刻しちゃいます！」

ローズは、そんなステファニーに苦笑いしつつ近づいていく。

すると、彼女はローズの隣に並び、男なら一発でころりといきそうな満面の笑みを向けてきた。

「まあいいです……それより」

「ん？　何？」

ステファニーは、ローズの顔を下から覗き込み、自分の唇に指をあてる。

「昨日は殿下とどこに行ったんですか？」

ステファニーの質問に、ローズは思わず噴き出した。

そして、むせながら息を整え、なぜ知っているると心の中で突っ込みつつステファニーを見つめる。

「どうして知ってる？　って顔してますけど……みんな知ってるみたいですよ？　すっかり噂になってますから。王太子が昨日、子爵家のご令嬢とデートしてたって」

にまにまとにやけているステファニー。

そんな彼女にローズはデコピンをした。

「あいたっ！　どうしてデコピンするんですか！」

「朝からうるさい」

「そんな！　ただ、ちょっとからかってやろうって思っただけじゃないですか!!」

「別に、たまたま会って少し一緒にいただけ。別に何かがあったわけじゃない」

涙目になっているステファニーを後目に、ローズはさっさと歩いていく。

だが、ステファニーはめげない。必死になって反撃をしてきた。

「そんなこと言ってると大変なことになりますよ？　この状況で私を敵に回すのは得策とは思えません」

「は？　何言って――」

「そのままの意味ですよ！　でも、もういいです。ローズ様が一から十まで話してくれるまで、私は助けませんからね!!」

ステファニーはそう宣言すると、ぷいっと顔を逸らして行ってしまった。

まあ、本気で怒っていないのは態度からわかる。ただ拗ねているだけだ。

とはいえ、本当に昨日は何もなかったのだ。それは確かなのに何を話せばいいというのだろう。

ローズはやや困惑しながら、教室の席に着くのだった。

ローズが座ると、すかさず彼女を呼ぶ声が聞こえる。

振り向くと、ナタリーとその仲間たちが駆け寄ってくるところだった。

「おはようございます！　今日も素敵です、ローズ様！」

「おはよう」

「今日もいい天気ですね！　ローズ様の凛々しさも際立つようです！」

ナタリーたちがきゃいきゃいと群がってきた。

ローズはそれに一つずつ応えながら授業の準備を整えていく。

「そういえば、ローズ様。聞きましたよ？」

「……何を？」

早速きたかとローズは冷や汗をかいた。

自分でも、なぜこの話題に触れられたくないのかよくわからない。

だが、どうにもいつもの自分らしくいられず、歯切れが悪くなってしまう。

「殿下とデートしてたんですってね！　きゃー!!」

ナタリーの言葉に、周囲の女子たちも黄色い声を上げる。

そのことを知っているもの、知らなかったものも気になるのか、教室の皆がローズたちに視線を向けた。

「さすがはローズ様です!!」

「ローズ様は本当に素敵ですから、殿下が気にされるのも当然です！」

「そういえば、聞いた!?　ローズ様、この前絡まれていた男子を助けてあげたらしくって」

「あ、知ってる！　その男の子もローズ様の凛とした姿に顔を真っ赤にしてたんだって！」

「あぁ……ローズ様が男性だったらなぁ」

「何言ってるのよ、女性のままで素敵なんだからいいじゃない！」

張本人を置いて勝手に盛り上がる女子たち。

ローズはそれを見ながら無造作に髪をかき上げると、ナタリーに目配せをして時計を顎で指した。

「あ！　みんな！　そろそろ時間だよ！　席に着かないと！」

「そうね！　では、ローズ様。失礼いたします」

「ええ、また」

席に着く短い間も、何やら騒いでいる。

まぁ、根掘り葉掘り聞かれるならともかく、勝手に騒がれるくらいならしょうがない。

そんなことを考えていると、ふと嫌な視線を感じ、そちらへ顔を向ける。

教室の反対側にいる面々は、ローズが振り向いた途端、さっと顔を背けた。

ローズが事件を起こす度、ステファニーやナタリーのような仲間が増える。

半面、それに反発するものも当然いるのだ。

ついさっきも、ローズたちのやりとりを見ながら舌打ちをするもの、露骨に顔をしかめるもの、聞こえるように悪口を言うものなどがいた。

きっと、怪力スキルが怖いのだろう、正面切って喧嘩を売ってくるものなどいないが、教室の空気が二分されているのをローズは感じていた。

自分を慕ってくれるものたちと、それ以外。

だが、ローズはあまり自分への評価は気にしない。

自分を気に入るものもいれば、気に入らないものもいる。そんなことは関係なく、自分は大切な人だけを守ればいい。

そう思っていたからだ。

「気に入らなきゃ、直接喧嘩売ってこいよな、大将……」

誰にも聞こえないように呟いたローズは、腰の巾着にそっと手を入れる。

そこに、ステファニーからもらったメリケンサックをしまっていた。

その巾着に手を入れ、冷たく滑らかな感触を堪能していると不思議と心が落ち着くのだ。

まあ、傍から見れば、心が落ち着くどころかどんどんと殺気立っているのだが、ローズ本人は気付かない。

彼女が教室の中でぎらぎらと鋭さを増していく一方、その日の授業時間は淡々と過ぎていった。

昼休み。

ローズは普段、学食へ食べに行く。

学食には数種類の決まった食事しか用意されていないが、それでも、無料で食べられるそれらは庶民の生徒にとってはありがたいものだ。

ローズは庶民ではないが、特に食べ物にこだわりはない。

貴族専用の食堂もあるにはあるが、そこには行ったことがなかった。

「そろそろ謝る気になりましたか？」

席に座ると開口一番、ステファニーが問いかけてきた。

対するローズは、すでにぐったりである。

というのも、あの後ひっきりなしに昨日のことについて聞いてくるものたちへの対応に疲れ切っていたのだ。

授業の合間。食堂までの道中。

ひどいものになると、授業中に手紙を投げつけてきたり。とにかく迷惑極まりない野次馬たちだらけだったのだ。

ステファニーはそれを遠巻きに見てニヤニヤしていた。

普段なら、人の扱いがうまい彼女のことだ。彼らを適当にあしらってくれていたに違いない。

それを思うと、ローズは朝の出来事を後悔するばかりだった。

「えぇ……思っていた以上。ごめん、ステファニー」

「ふふ！　ようやくわかってくれましたか！　まぁ、午後には落ち着くと思いますよ？　色々聞いてきた人たちが今頃、学校中の人たちに噂(うわさ)を流しているでしょうから、そちらで勝手に盛り上がるでしょうし」

「だといいけど……」

「それよりも！　……午後は魔術の授業ですねぇ。苦手なんですよね。魔術」

ステファニーがパンを頬張りながら呟いた。

「いちいちややこしいんですよ。詠唱がどうのとか、引き起こす事象のバランスがどうのとか……。ローズ様もそう思いませんか？　その点、剣術は単純でいいですよね！　相手より速く斬りつけて、相手より強く振り抜けばいいんですから。やっぱりそういう単純なほうが性に合っている気がします」

貴族令嬢らしからぬ言葉にローズはくすりと笑う。

まあ、自分も同じような質だからわからなくもなかった。

「私もスキルが『怪力』だから、理解はできる。そうだ、ステファニーがくれたこれ、とても気に入っているよ」

「それですか！　私も、まさかあんなものが学校の購買に売っているだなんて思わなかったです！でも、気に入っていただけてなによりです！」

心底嬉しげなステファニーに、ローズの表情も和らいだ。

「楽しそうに話してると思ったら……物騒だね、昼間から」

声をかけられた二人が振り向くと、そこには美しい男が立っていた。

この国の王太子であるアルフォンスだ。

彼はきらめく髪をさらさらと揺らし、向かい合う二人の横に――ローズの隣に座った。

「珍しいですね。こっちの食堂に来るなんて」

「あっちには君たちがいないからね。最近はこっちで食べることも多いんだよ」

「アルフォンス様、こんにちは。でも、こちらの食事は口に合わないのではないですか？」

「そんなことないさ。学園の料理人の腕は確かだからね」

ローズとステファニーにそれぞれ答え、さわやかな笑みを浮かべるアルフォンスは、彼女たちと同じ料理の載った盆を持っていた。

「それよりも……」

アルフォンスは席に着くや否や、そっと二人に話しかける。

二人も、あまり誰かに聞かれたい話ではないのだろうと、耳をそばだてた。

「最近、アリアンヌ嬢がおとなしいが……何か知らないか？」

「アリアンヌ？」

まさかの話題にローズは驚いた。

そういえば、取り巻きたちはいるものの、最近は彼女を教室で見ることも少ない。

あまり周囲に関心がないせいもあるだろうが、今更気が付いた。

「以前の彼女は、毎日のように私に話しかけてきていたんだ。おそらくは父の公爵から色々と言われていたんだろうと思うけど。だが、最近ではそれがすっかりなくなってね。以前、ローズ嬢に絡んでからの変化なので、何か変わったことがないかと思って聞いてみたんだよ」

そう言われてローズは記憶を掘り起こす。

だが、やはり向こうから話しかけられた時くらいしか接点はないし、何も思い当たる節はなかった。

「……特には」

「そうか。ならいいんだ。あまりいい噂を聞かないものだから……」

そう言って言葉を濁したアルフォンスにローズは眉をひそめる。

「……噂？」

「ああ。学校にあまり来ていない上……何やら素行が悪くなっているそうでね。ローズ嬢への恨み節もひどいらしい」

「今までを考えると、ありえない話ではないかと思いますが」

ステファニーは首を傾げながらそうこぼす。しかし、アルフォンスの表情は晴れない。

「彼女はローズ嬢にはあのような態度だったが、元々は自分に厳しく貴族としての矜持は忘れない女性だったんだ。それに……」

「他にも気になることが？」

「側近のものたちから聞いた話だと、なんでもあるネックレスを奇妙なほどに愛でているとか」

そこまで話すと、アルフォンスはぱっと笑みを浮かべた。そして、空気を変えようとしてか話題を変える。

「それはそうと……。ローズ嬢……一つお、お願いが、あるんだ」

急に歯切れが悪くなり、口ごもるアルフォンス。

突然の変化に、ローズはつい訝しげな表情を浮かべた。

「今日、授業が終わってからでいいんだが……二人でお茶でも飲まないか？　他国から仕入れた珍しい茶葉があってね。ぜひ、君と飲みたいと思ったんだ」

アルフォンスは顔を真っ赤にして言い切る。

普段のスマートさのかけらもないが、真摯(しんし)さは伝わってきた。

さすがのローズも、二人でお茶会と言われれば、何を意図しているのか容易に想像がつく。

その考えに至った瞬間、ローズの顔はまるで沸騰したかのように熱を持った。

「きゃー!! アルフォンス殿下からのデートのお誘いですか!? このイベント、もっとストーリーの後半で起きるはずなのにここで来るなんて! さすがはローズ様です! すごすぎる!!」

「イベントって……そんなの知らない」

テーブルの向こう側では、ステファニーがくねくねしながら顔を赤らめて叫んでいる。

それを聞いたローズは、さらに頭が真っ白になってしまった。突っ込みにもキレがない。

ローズは前世を含めて、男性との接点がとてつもなく少なかった。

前世はレディースなんてやっていたから、男は近寄らなかったし、今世でもスキルのせいで誰も近寄らない。

まだ女子たちとはなんとか関われているが、男性からのアプローチにはどうしていいかわからないのが本音だった。

さらに言うと、昨日の今日でまた二人でいたら、明日以降どんな事態になるのか容易に想像がつく。

「嫌。私が今日、どれだけ大変だったか知らないでしょ!?」

つい素が出てしまうのはしょうがない。

顔を背けて呟く言葉には、素直になれない乙女心がにじみ出ていた。

「そ、それでも！　私は……ローズ嬢。君と二人の時間が欲しいんだ」

「アルフォンス……」

男性との関係がないに等しかったからと言って、ローズは男性に興味がないわけではない。

前世でも、男をとっかえひっかえするレディースの後輩や、恋愛話を相談してくる後輩もいた。

それを聞く度に、どこかうらやましい気持ちを抱いていたのは確かだ。

また、明美が入り込む前は家で引きこもっていたローズは、妄想にふける時間が多かった。

それこそ、恋愛小説の主人公に自分を重ね合わせて身悶えするなんていう、誰もがやってしまう黒歴史だってあったりする。

そんなローズから見て、アルフォンスは不思議な存在だった。

誠実な王太子であり、外見もとても美しい。

そのアルフォンスが、自分とお茶を飲みたいと言っている。

しかも、顔を真っ赤にして、口ごもりながら必死になって。

さすがのローズでも、彼のまっすぐさには気付いていた。

でも、それを素直に受け入れられない自分がいる。

怪力しか能のないローズ。

そんな自分が、誰もが憧れるアルフォンスと釣り合うわけがないし、だからこそ、あんなにも話題になったのだろう。

そういった劣等感にも似た感情が、素直ではない彼女の気持ちをさらに歪ませていたのだ。

「お願いだ、ローズ嬢。君とは、何度でも昨日と同じように二人の時間を過ごしていきたいんだ」

目の前ではアルフォンスが自分を見つめている。

どうして彼は自分に興味を持つのだろうか。こんな怪力しか能がない女に。

アルフォンスは口ごもるローズを見て、彼女に手をそっと伸ばした。

そして、まるで赤子に触れるかのように優しくローズの手をとった彼は、笑みを浮かべてもう一度話しかけた。

「ローズ嬢。お願いだ。どうか、私と二人で——」

「——無理!!」

まだ言葉を言いかけていたアルフォンスだが、ローズは手を握られた衝撃で頭の中が真っ白だったのだ。

思考がシャットダウンしたローズに残されていた手段は、拒絶。

反射的に握りしめた右手を、自然とアルフォンスの脳天へと叩き込んでいたのだった。

◆

「ダメですよ、突然人を殴ったりしちゃ。今回は痴漢行為まではいきませんし、相手は王太子ですよ？　一歩間違ったらどうなることか」

手に持った濡れタオルを絞りながら、ステファニーは諭すように話しかけていた。

その言葉の対象は、ローズだ。

彼女はその細身を小さくして、椅子に腰かけている。

ここは学園の医務室だ。

ローズが殴りつけ、アルフォンスは例のごとく気を失った。それを、ローズが片手で医務室まで運び、ステファニーが介抱している。

ちなみに、医務室にいた医師は顔を青ざめさせて頭を抱え、どこかに行ってしまった。

「確かに、わかりますけどね。アルフォンス殿下にあんな風に言われたら、私だってパニックになっちゃいますから。それでも……つい手が出たりはしないですけど」

「む……」

普段は怖いくらいにローズを持ち上げてくれるステファニーだが、今日は違った。

彼女の小言は、ローズの心をちくりちくりと刺してくる。

アルフォンスはいまだに意識をとり戻す様子がない。それを見て、さらに落ち込んだ。

「ローズ様はアルフォンス殿下のことお嫌いですか？」

その質問に、ローズはぎこちなく首を横に振る。

「では好きですか？」

さらなる質問に、ローズはしばらく考えこんだ後、やはり首を横に振った。

「わからない……。私はこんなだから、男とまともに話したこともないし……。なんて言っていいかわからない。アルフォンスと話してると顔が熱くなってわけがわかんなくなるけど……」

ローズが胸の内を打ち明けると、ステファニーはぐふふと奇妙な笑い声を上げる。

「顔を真っ赤にして照れるローズ様とか眼福すぎる！　しかも、横には彫刻みたいなアルフォンス殿下が寝てるとか！　もしや、ここが幻（まぼろし）の桃源郷なの⁉」

意味のわからない言葉を話すステファニーに首を傾げつつ、ローズは視線をアルフォンスに移す。

今まで、あんな風に必死になって話しかけてくれる人なんていなかった。

そもそも、ローズの頭の中にはどうでもいい男か、いけ好かない男の二種類しか存在しなかったのだ。

判断基準がそれだけだったローズに、アルフォンスは異質すぎた。

彼が絡んでくるのも嫌じゃない。味方になってくれているのもわかる。

だから、先ほどの二択には当てはまらない。しかし、どんな存在かと言われたらわからない。

ぐるぐるとうず巻く思考を整理しようとするが、ますます混乱するばかりだ。

そうこうしていると、おもむろにステファニーが立ち上がる。

何事かと見ている前で、彼女は帰り支度を始めた。

「行くの？」

「ええ。二人でここにいてもしょうがないじゃないですか？　授業もまだ残ってますし」

「まあ、そうだけど……」

アルフォンスと二人っきりにされる心細さに、ついうつむいてしまうローズ。

そんなローズの姿に、またステファニーがくねくねと身をよじった。

「はぁ、本当に可愛すぎますね、ローズ様は！　とりあえず、アルフォンス殿下が起きたら、謝って帰ってきてくださいね。できそうですか？」

「……うん」

「あんまり遅くなりそうなら、当直の先生に任せて帰ってきてもいいと思いますよ？　適当に人を呼べばすぐに来てくれますから」

ステファニーはそう言うと、さっさと授業に戻っていった。

残されたローズは、医務室を見回してぼんやりと昔のことを思い出す。

「よく、私も傷だらけになってたな」

脳裏に浮かぶのは、喧嘩ばかりの毎日と、手当てをしてくれた保健室の先生の顔。

どうしてか、あの先生は世話を焼いてくれたな、と懐かしい気持ちに浸りながら、ローズはアルフォンスに視線を移した。

「んぅ……」

すると、彼は顔をしかめて寝返りを打つ。

その拍子に、額に載せていたタオルが落ちてしまった。

「あ……」

慌ててそれを拾おうとしたところで、伸びてきた手に腕を掴まれる。

見ると、アルフォンスが目を開けていた。

ローズは咄嗟に払いのけようとするが、寸前で思いとどまる。

さっきのように勢いに任せて動くといいことはない、と学んだばかりだったからだ。

だが、腕を掴んだのはどういうつもりだろう。

そう思ったローズがアルフォンスを観察すると、彼は虚ろな視線でこちらを見つめていた。

「……いい夢だな」

「へ？」

「こんなに鮮明に……しかも触れ合えるとは、なんて素敵な夢なんだろう」

アルフォンスは無造作に掴んでいた手をずらし、ローズの掌を握りしめた。

それは、指が絡み合う、いわゆる恋人つなぎというやつだ。

「あぁ、ローズ嬢。君のそのすべてを見通すような視線がたまらない。凛々しく、一人で立っていられそうな君だが、私は君を支えたいと思っているんだ……。どうして、現実の君はああもつれないのか。私を正面から受け止めてくれるのも、君くらいしかいないのに」

突然話し始めたアルフォンス。

その内容が自分を褒めたたえるものだと気付いたローズは、固まってしまい動くことさえできなかった。

「私は、君が――」

君が、何？

そう問いかけようにも、言葉が出ない。

しばらく待ってみたローズだったが、一向に続きの言葉はなかった。

アルフォンスを見ると、彼は再び目を閉じており、いつの間にか手は解放されている。

「……なんなんだよ、一体——」

改めて寝入ったアルフォンスの顔を眺めたローズの脳裏に、ふと今見ている光景と似たような情景がよぎった。

だが、次の瞬間にはその情景は霧散する。

「……気のせい、だよな」

もう少しここにいたい気持ちもあったが、またあんな風に手を握られたらどうにかなってしまいそうだった。

ローズは、先生にこの場を任せて授業へと戻るのだった。

◆

次の日。

いつも通りの朝を迎えたローズは、いつも通りステファニーと学校に向かう。

そして、いつも通り授業を受けられると思っていたのだが、その日は勝手が違っていた。

先日会った時とは様子の違うアリアンヌとその取り巻きたちが、ローズたちを教室で待っていたのだ。

およそ、クラスの半分ほどがアリアンヌを中心に集まっている。

その面々は、高位の貴族家出身が多いように思えた。

教室に入ってきたローズたちは、二分された生徒たちを見て首を傾げる。

「一体これは何？」

「わからないのですか？　ローズ様」

ローズの言葉に答えたのはアリアンヌだ。

彼女は余裕を感じさせる笑みを浮かべ、一歩前に出た。

「ローズ様。私たちは、あなたの立ち振る舞いや行いに対して思うところがあります。貴族としてふさわしくないあなたには、このクラスに、ひいてはこの学園にいてほしくないのです。今日は、それをあなたに伝えたく集まっておりました」

その言葉を受けたローズはアリアンヌをとり巻く集団を見る。確かに皆が自分に負の感情を向けてきているのがわかった。

重い空気に押しつぶされそうになるも、ローズはそれに耐える。

前世での扱いに比べれば、はるかにましだったからだ。

「それを決める権利がアリアンヌ様にあるとでも？」

「もちろんありませんわ」

「じゃあ、どういうつもり？」

ローズに学校をやめてほしいと願うのは自由だ。

そして、ローズをやめさせるかどうかはアリアンヌが決めることではない。学校が決めること。もちろん、公爵令嬢である彼女の意見で動く教師はいるのだろうが、独断でなんでも決めることなんてできるはずがない。

目の前のアリアンヌも当然それはわかっているはず。

が、それをついたところで彼女の余裕の笑みが崩れることはなかった。

「ローズ様は、この学校にある決闘というシステムをご存じ？」

「決闘？」

ざわりと血が疼く。

そんなローズのたかまりを察したのか、アリアンヌは笑みを深めて宣言した。

「決闘とは、学園に伝わる古いしきたり。互いの誇りをかけて勝負をし、負けたものは勝ったものの望みを叶えるのです！　ローズ様！　私たちはあなたに、決闘を申し込ませていただきます!!」

ローズをまっすぐ見つめるアリアンヌ。

その瞳には、決意の炎が揺らめいているように感じた。

「真正面から喧嘩売ってくるなんて……いい度胸してる」

「ローズ様ほどではございません。それで……返答はいかに」

ローズは思わず隣を見た。

そこに立っているのは、いつも一緒にいてくれるステファニーだ。

彼女は、なぜか自分を慕い、信じてくれている。

今も彼女は、望むところだとばかりに目をキラキラさせて頷いた。

そして、気付くと、自分の後ろにも人だかりができている。

ナタリーをはじめとした、自分に話しかけてくれる人たちだ。

ローズの視線に、皆が拳を握り頷いてくれる。それだけで、ローズは体の奥底から力が湧き出てくる気がしていた。

「アリアンヌ。後悔はしない？」

「もちろんでございます」

「それで……あなたの望みは？」

「そうですね……。でも、わかっているのではないですか？」

アリアンヌは唇を赤い三日月のように歪めると、ローズに向かって一歩踏み出した。

互いに手を伸ばせば届く距離だ。

視界にやたらと光り輝くネックレスが目に入り一瞬気になったものの、すぐに悪趣味だな、と心の中で切って捨てた。

「私はあなたが気に入りません。ですから、私の目の前から去ってくださいませ。一生、私の視界に入らないだろう僻地へと」

「わかった」

「それで、あなたは何を望みますか？　ローズ様」

話を振られて、やや困ってしまう。

何も考えていなかったローズだったが、いい考えを思いついた。

彼女はアリアンヌに向かって踏み出すと、触れるか触れないかのところまで近づき睨みつける。

「私が勝ったら、舎弟として一生私の傍にいて。きっと……それがあなたの一番嫌がることでしょう？」

そう伝えたところ、アリアンヌの表情が一瞬引きつった。

だが、すぐさま動揺を消し去り、彼女はローズを睨み返して言い返す。

「決闘方法や内容については後日、相談を。ただ日時だけは決めたいと思います」

「いつがいい？」

「一週間後の放課後。場所は学園の訓練場ではどうでしょう？」

「わかった。望むところ」

そこまで言い終えると、ローズもアリアンヌも同時に踵を返す。

そして、背中を向けたまま互いに言葉を投げ合った。

「決して逃げたりはしませんように」

「はっ、そっちもね？」

そう言って、二人は自分の席に座る。

とうの昔にやって来ていた教師は、ようやく自分の存在に気付いてもらい授業が始められると思ったのか、安堵のため息を吐いていた。

「それで……これが決闘方法ですか。まあ、普通な感じですよね。昔ながらの」

教室の真ん中で、ナタリーはアリアンヌから渡された書面を見ながら呟いた。横から、ローズとステファニーもそれを覗き込む。彼女たちをローズに賛同しているクラスメイトたちが取り囲む。

彼女から伝えられた決闘方法は、シンプルなものだった。

互いに三人、参加者を選定する。

そして、一人ずつ戦い、二勝したほうの勝利、ということだ。

一対一でないのは、人を集める力が問われているのだろうか。

タイマンではないことに、ローズは若干の不満を覚えていた。

「ゲームでも同じイベントがありました。まさか、ローズ様が参加されるとは思いもしませんでしたけど」

ステファニーがいつも通り変なことを口走り、横の二人は首を傾げた。

「ゲーム？」

「あ！　こっちの話です。それでですね、勝負内容はこっちで決めていいらしいですよ？　参加する人は当日に公表していいそうですし。色々とこっちに有利な条件ですが……勝つ自信があるのでしょうね」

ローズはステファニーの言葉を聞いてから考え込む。

三人のうち、一人はローズで確定だが、あと二人はどうしようか。

そんなことを思っていると、ステファニーがローズの顔をずいと覗き込んだ。

「三人のうちの一人として私も参加しますからね？　ローズ様がどっかに行っちゃうなんて嫌ですから頑張りますよ！」

「え？」

鳩が豆鉄砲を食らったような顔をしたローズは、ステファニーの言葉を一瞬理解できなかった。

決闘ともなれば、怪我をする可能性だってあるし、命の危険もある。

断ろうかと思ったローズだったが、続くステファニーの言葉にその文句を呑み込んだ。

「ローズ様はいろんな人を守ろうと思っているのかもしれません。ですが、私だってローズ様を守りたいのです。そんな顔しないで、頼むって言ってくださいよ」

ぎこちなく笑うステファニーから読みとれたのは寂しさだ。

ローズにも同じ経験——同様の寂しさを感じた覚えがある。

ただ守られるだけの歯がゆさを。

頼ってもらえない絶望を。

同じ感覚をステファニーが持っていると知り、嬉しくなると同時に申し訳なく思う。

「そっか……わかった。じゃあ、ステファニー。お願い」

「はい！　ローズ様!!」

そう言って、二人は拳を突き合わせたのだった。

「はい！　はい！　私もやります！　絶対ですよ!!」

二人が決意を新たにしたその時、横から跳ねるような声が飛んできた。

ナタリーである。

彼女が、決闘の参加者として立候補したのだ。その姿を見て、クラスメイトたちも一斉にローズに詰め寄った。

「俺、この前助けられたし、ぜひ力になりたいんだ」

「そんなの、私のほうが先に助けられたんだから、絶対私です!!」

「あの、私もぜひローズ様の力になれたら……」

そんな彼らの声に、ナタリーは笑顔のまま断固として言い切る。

「なら、ぜひ応援してください！　決闘に出るのは私です！」

「でも……」

「私です！」

「あ」

「私です！」

割って入ろうとするものたちは多かったが、皆が色々言う中、「私です」しか言わないからくり人形状態になってしまったナタリー。

ローズでさえどうにもできずに、結局、彼女の申し出を受けた。

そうして決闘への参加者が決まったのだが、問題は――

「問題は決闘の中身ですよね」

「そうですね！　ローズ様はいいとして……ステファニー様はどうするのですか？」

「私はちょっと悩んでるんだけど……ナタリーさんは？」

「私に得意なことなんて一つしかありませんから。それに決めています」

「へぇ……私はね――」

そんなやりとりをしているステファニーとナタリーをぼんやり眺めるローズ。

彼女は手にメリケンサックをつけて考え込んでいた。

――アリアンヌの魔法にどう打ち勝つか。

彼女は、類まれな魔法の天才だという。

一方、自分は力しか能のないレディース崩れだ。

だが、戦うこと以外にできることもない。ローズはメリケンサックを愛でるように撫でた。

それにしても、なぜアリアンヌは自分を目の敵にするのだろう。

しかし、これまでも相手の思惑がわからなくても戦うことはたくさんあった。

大事なのは、相手がどうのなどではなく、自分がどう戦うか。

「ステファニー、ナタリー」

唐突に二人を呼んだローズに、二人はぱっと視線を向けた。

「絶対に勝とう。私はまだ二人と一緒にいたいから」

「当然です！」

「私だって、足を引っ張るつもりはありません！」

二人はやる気に満ちた笑顔を向けてくれる。

その笑顔から、前世でのレディース仲間と同じような頼もしさを感じたローズだった。

◆

「やったわ！　あの女を！　目ざわりなローズ・シャレットを学園から追い出すことができる!!」

部屋の中でそう叫ぶのはアリアンヌ・ジェリオ。

彼女は、王都にあるジェリオ家の屋敷の自室で仁王立ちしていた。

その血走った目は、見開かれている。

「あの女！　アルフォンス殿下に色目使いやがって！　子爵家風情が生意気なんだよ！」

アリアンヌはそう言いながら、クッションを床に叩きつけた。

何度も、何度も。

やがてそのクッションは破れ、中から羽根が飛び出てくる。

部屋中を羽根だらけにし、アリアンヌは恍惚とした表情を浮かべた。

「これで、あの女！　ローズ・シャレットを血祭に上げることができる！　あの女には集められない人材を、公爵家の力すべてを使って集めてやる！　そうしたらあの女は破滅——ち、違う！　そんなんじゃやない!!」

高笑いをしていたアリアンヌは、突如として頭を抱えうずくまってしまう。

その顔は、ひどく険しい。

「何言ってるのよ、アリアンヌ！　公爵家の力を使って勝ったからって何になるの!?　そうじゃない！　私は私の力で――くぅ!!」

ひどく痛むのか、彼女は頭を強く掴みながら縮こまる。

涙がにじみ、それはやがて頬を伝っていく。

「ちゃんと私の力で勝たないと！　じゃないと、どんな顔をしてアルフォンス殿下に向き合えばいいというの！　うぅ、いや、いやあぁぁぁぁぁぁ！」

悲痛な叫び声を上げつつ、何かに抗うアリアンヌ。

彼女は次の瞬間には、不気味な笑みを浮かべていた。

「ふふっ、いいのよ。正々堂々なんて無駄。どんな手を使っても勝てばいいの。それでアルフォンス殿下も手に入れれば、万々歳でしょ？　ねぇ、アリアンヌ」

何かに苦しんでいたアリアンヌは消え去り、彼女はうっとりと呟く。

その首元では、怪しげな光を発するネックレスが、不気味に輝いていた。

◆

一週間後。

その日の授業後、訓練場には大勢の人が集まっていた。

皆が、訓練場の中央を見ながらなんやかんやと語っている。

そう。今日は、決闘の日だ。

当然、その噂は学園中に広がり、結果ギャラリーがこれでもかと詰めかけた。

教師たちの耳にも入ったため、もしものための治癒術師や医師も学園側が用意してくれている。

そして、訓練場の中央にいるのが、話題の中心であるローズたちとアリアンヌたちだった。

ローズはステファニーとナタリーを連れて、アリアンヌはローブをまとった大柄な二人を連れて向かい合っている。

険しい顔つきのローズと、にこやかな笑みを浮かべるアリアンヌ。

二人の持つ雰囲気は違えど、緊迫感は同じように漂っている。

「えーっと……では、これよりローズ嬢とアリアンヌ嬢との決闘を始めます……。っていうか、本当にやるのかい？　ローズ嬢も。アリアンヌ嬢も」

立会人を務めるのはアルフォンスだ。

この学校で一番身分が高いから、という理由で打診された彼は渋々と了承した。

だが、彼の表情は浮かない。

「当然でございます。女といえども一度言い出したこと。引けません」

「ガチンコ勝負に口挟むのはどうかと思う、アルフォンス」

アリアンヌとローズの答えに小さくため息を吐きながら、彼は頬をかく。

「二人がいいならいいけど……」

アルフォンスがそう言って肩を竦(すく)めると、彼の目の前で睨(にら)み合っていたローズとアリアンヌが話し始めた。

「逃げずに来たのは感心いたします。しかし、いいのですか？　友人を決闘の場に駆り出してしまって。何かあれば、あなたの責任ですわよ？」

「背中を預けられる奴を連れてこないで何が勝負ですか。それに——あの二人は自分で決闘に出ることを決めてくれた。その気持ちを、私は無下(むげ)にはしない」

そう言って振り返ると、ステファニーとナタリーは嬉しそうに頷いた。

「ふん、まあいいでしょう。一方的な戦いにならないよう少しでも善処していただきたいものですわ」

「あなたも」

「その言葉遣いも、まったくもって忌々(いまいま)しいです。どうしてこんな人が貴族なのか」

「私は、あなたみたいに直接勝負を挑んでくる輩(やから)……嫌いじゃない」

「……口の減らない女」

そう言いながら、二人はそれぞれ用意されている椅子へと座る。

ステファニーとナタリーを見ると、気合十分といった感じだが、ローズは二人ともどこか硬いと感じていた。

それが少しばかり気になる。

「最初は……どっちだ？」

「私です！　ローズ様！」

「ああ……頼んだよ、ナタリー」

「はい！」

ナタリーは張り切って中央に出ていこうとした。が、それをローズが止める。

「なぁ、ナタリー」

「はい、なんでしょう？」

「もし勝てたら……好きなもんでも買ってあげる」

「好きなもの？」

「欲しいものがなければ、何かやってやるのでもいい。とにかく、怪我しないで帰ってきて」

ローズが眉をひそめたままそう告げると、ナタリーは途端に嬉々とした表情に変わり、大きく頷いた。

「はい!!　なら、なんでも一つ願いを叶えてくださいね！　では、行ってきます!!」

そう言って、駆け足で中央に向かっていく。

その背中を見て気負いはなさそうだと安堵していたローズだが、一つだけ気になることがあった。

「なんでもなんて……言ったかな？」

首を傾げて見送ったローズは、疑問を持ちながらもナタリーの無事を祈るのだった。

◆

ローズと離れたナタリー。

彼女はその明るい表情とは裏腹に、足は震え、手には冷や汗をかいていた。

先ほどは、恐怖でいっぱいになった気持ちを抑え込むために笑ったのだ。

ローズに心配をかけたくなかったから。

そもそも、ナタリーは貴族でもなんでもない。今はただの平民だ。

だが、ほんの少しだけ、他の人より優れたものがあった。

だから大丈夫。

自分にそう言い聞かせながら、ナタリーは背筋を伸ばし前に進んだ。


中央のアルフォンスの傍(そば)に行くと、アリアンヌ側の一番手がすでに立っていた。

その人物は背が高く細身で、とても頭のよさそうな軍人だ。

彼の細い目が、ナタリーをじっと見つめていた。

二人は中央で向かい合う。

互いの様子を確認したアルフォンスが、おもむろに声をかけた。

「では……両者いいか？」

「はい！　大丈夫です」

「こちらも大丈夫でございます。ですが、殿下も大変ですね。子供たちの喧嘩の付き合いなど」

「そうでもないさ。お前は、相変わらず口が減らないな」

ナタリーは、顔見知りらしき二人のやりとりを聞いて驚いた。

その視線に気付いたアルフォンスが、説明を始める。

「こいつは近衛騎士団の一人だよ。小さい頃、色々と世話になったんだ」

「ええ。現在は参謀の一人として働いていますが、ちゃんと戦えますよ」

その言葉にごくりと唾を呑み込む。

なんて人材を用意してきたのだ。ナタリーはアリアンヌの本気度に身震いがした。

ローズをつぶすために、陛下のために配備されている近衛騎士団の一人を学園までひっぱってくるとは。

それがどれだけ無茶なことかは、ナタリーにもわかる。

だが、勝算がないわけではない。勝つために自分はここにいるのだ。

そう思ったナタリーは震える手をしっかりと握りしめる。

そんな彼女に、アルフォンスが問いかけた。

「して……立会人よりナタリーに改めて聞こう。勝負内容は何か？」

「歴史……」

「歴史？」

「はい！　この国の歴史上の出来事に関する問題……その当て合いでどうでしょうか？」

ナタリーの言葉に、線の細い軍人は眉をひそめた。

「僕は一応参謀だ……国の軍の頭脳と言える僕相手に、たかが女学生が歴史の問題で勝負しようと？」

「あら？　たかが女学生に負けるのが怖いのですか？　でしたら、早々に棄権なさったらどうでしょうか」

「む……なら、それでいい。殿下。歴史書はご用意しておいでですか？」

「もちろん。あらかじめ、勝負の内容は聞いていたからね」

「わかりました。では、いざ尋常に勝負」

「ええ、正々堂々と」

線の細い軍人は目を細めてナタリーを見た。

ナタリーも、その視線に真っ向から立ち向かう。

アルフォンスは互いに準備ができたと判断し、手元から本をとり出した。

「では、行こうか……。手始めに……この国を興（おこ）した初代国王ブリエの功績はいくつかあるが、南の地方で伝わっている逸話とは――」

静かに始まった二人の決闘。

見るものにとってはやや退屈を感じるきらいはあるが、戦っている二人の脳内は激しく動いていた。

どちらかが先に三回間違えたら負けである。

数十問、問題が出されたところで、片方に軍配が上がった。

「まさか……」

「勝負、ありましたね」

ナタリーの前に膝をつく軍人。

勝ったのはナタリーだった。

軍人は納得がいかなかったのか、激昂しナタリーに食い下がる。

「ど、どうしてそんな細かいことまで知っている⁉　軍部学校でも習ったことがないことを！」

「私は知っていてあなたは知らなかった。それだけのこと……」

「しかし‼」

ナタリーは、さらに言葉を続けようとした軍人の前に人差し指を立てた。

そして、不敵にほほ笑むとそっと囁く。

「私のスキルは『絶対記憶』。それだけ聞けば、もうおわかりでしょう？」

踵を返したナタリーの後ろで、小さく舌打ちが聞こえた。

その舌打ちを聞きながら、勝利を掲げてみんなのもとに戻る。

だが、彼女の足はひどく重い。

勝たなければならないという重圧や、激しい頭脳労働に耐え切った彼女の細い両足は、ぷるぷると震えていた。

ひどい疲労感を覚えながら、ナタリーはなんとかローズたちのもとへとたどり着く。

「ナタリーさん！　さすがです！」

「もちろんです！　歴史書を読むのは大変でしたけど、私が勝てることってこれくらいしかなかったので‼」

ナタリーとステファニーの二人できゃいきゃいじゃれ合っているところに、ローズが声をかけた。

「ローズ様！」

「すごかった」

「はい！　私、ローズ様のために――」

そう言いかけたナタリーの頬を、ローズはほほ笑んで撫でる。

「頑張ってくれたんだな。いい子だ」

「ほぇ……」

途端に耳まで赤く染まったナタリーは、その場にへたり込んでしまう。

そんなナタリーを見下ろしながら、ローズは手にメリケンサックをつけていた。

「血が疼（うず）くな……」

「ローズ様」

「なんだ？」

「次、私の番ですからね」

ローズはそそくさとメリケンサックをしまい込んだ。

そして、耳を赤くして元いた席へと戻っていく。

そのローズを眺めながら、ステファニーは気合を入れていた。ローズを守るために、今日は自分をすべて出し切るのだ。

その決意を、照れているローズの後ろ姿に誓う。

「ナタリーさんの相手を見る限り……私の決闘もなかなか大変なことになりそうだなぁ」

そんなことを独り（ひと）ごちつつ。

◆

中央に向かって歩きながら、ステファニーは、腰にはいていた剣に手を添えた。

おしゃれに使うお金や、食べ物、娯楽など、すべてを切り詰めてこの剣にかけている。

貧乏男爵家には、いい剣を買う余裕などない。

しかし現状、剣に頼るくらいしか勝機が見いだせなかったのだ。

実は、このイベントはゲームにも登場していた。

本来の対戦相手は、主人公であるステファニーとアリアンヌであり、種目も決められている。賭けるものも違う。

だが、ナタリーの相手を見る限り、出てくる対戦相手は似通った人物になるようだ。

ゲームだと、最初の勝負は公爵家の力で呼び寄せた騎士団一の秀才とクイズで対決するものだった。

次の相手もゲーム通りであるのなら、自分が敵うかどうかわからない。

だが、種目を変えるのは嫌だった。

ローズの隣に立つために、自分は剣にかけてきたのだ。

だからこそ、これから目の前に立ち塞がる男を真正面から打ち破りたい。

前世では、ステファニーはこのように熱くなることはなかった。でも、今は違う。ローズという自分が慕う相手のために戦いたい。

その想いが、燃えんばかりにあふれていたのだ。

中央に着くと、相手はすでに待っていた。

そして、ローブを脱いだその姿を見て、ステファニーは目を見開く。

「お初にお目にかかる。近衛騎士団団長だ。種目はまだわからぬが、全力でお相手しよう」

目の前にいる男はゲームにも出てくる。

だが、決闘に参加するのは、この男の部下のはずだったのに。

まさかのゲームよりも強い対戦相手を前にして、ステファニーの全身がぶるりと震えた。

「はじめまして。私はステファニーと申します。決闘の内容は剣術。つまり、私はあなたに剣で勝負を挑みます」

「ほぉ……」

ステファニーの言葉に、目の前の男の雰囲気が一変した。

騎士団長。つまり、戦うのが専門の男。

そんな男が、剣で勝負を挑まれたのだ。こんな反応をするのも自然なことである。

「先ほどの自己紹介が聞こえなかったのかな？　お嬢さん」

「いえ、しっかりとこの耳に届いておりました。だからこそ、挑むのです。このくらいの障壁を打ち破れなくては、ローズ様の隣にはいられません！」

「いい目をしている」

男は、おもむろに背中の剣をとり出した。

構えると、ますます男の迫力は増し、ついのけ反りそうになってしまう。

獰猛な獣が牙をむいたかのごとき危険な香りが漂ってきている。

彼の剣はステファニーが持っているものの数倍の太さはあるだろう。真っ向から戦っては、負けるのは必至。

まるで戦場に向かうような決意を胸にしたステファニーが一歩踏み出す。

彼女を見て、アルフォンスはたまらず声をかけた。

「本当にいいのか？　ステファニー嬢。今なら種目を変えるなり、やりようが――」

「そのようなこと！　するはずがありません！　いいですか!?　もういきますよ！」

「あっ、待て――」

「はあああぁぁぁぁぁぁぁぁ！！！！！」

これ以上待っていては、恐怖の前に、そして圧力の前に決意が霧散してしまう。

そう思ったステファニーは、開始の合図を待たず団長に斬りかかった。

渾身の力を込めた不意打ちだ。

最大の勝機に、文字通りすべてを懸けた。

だが——

「甘い」

「っ——」

全力の一撃を簡単に止められた。

団長は涼しい顔をしつつ、次の一手を待っている。

動揺している暇などない。ステファニーは体を翻すと、回転しつつ剣を横なぎにする。

「くっ——んっ!!」

「うむ。いい太刀筋だ。女性でありながらよく鍛えたものだな」

ステファニーは元々物語の主人公だ。スペックは高い。

決して、肉弾戦に特化しているわけではなかったが、彼女の性格を鑑みると単純なほうが性に合っていたのだろう。

ひたすら愚直に鍛えた結果、かなりの腕前になったと自負している。

だが、目の前にいるのは、この国の最強に近い位置にいる男だ。

一筋縄ではいかないのはわかっていた。

だからこそ。

すべてを込めて第二、第三の剣戟(けんげき)を叩き込んだ。

「速さと力。そのどちらも伸ばすのは容易ではない。すでに君の腕前は近衛(このえ)騎士団でも通用するだろう」

「それはっ――ありがとう、ございます!!」

「だが、私には勝てん」

防戦一方だった団長の圧力がにわかに増した。

背中にざわりと寒気が走り、とっさにステファニーは後ろに飛びのく。

すると、彼女の前髪が数本、ぱらりと宙に舞う。

「今のを避けるか」

にやりと獰猛(どうもう)な笑みを浮かべる団長。

その視線は、獲物を狙う狩人(かりゅうど)のようだ。

――ジリ貧だ!!

明らかに相手は余裕だった。

どんどんと消耗していく自分は、時間が経てば経つほど勝機を失っていく。

ならば、最後の切り札を。

そう思ったステファニーは、後ろに避けたその足で、攻撃直後のわずかな隙を狙い、再び前に飛び出した。

物語の主人公であるステファニーには、自分で選ぶことができるスキル以外にも特別な固有スキルがあった。それは、『光魔法』。

本来であれば悪を浄化しすべてを滅するそれを、彼女は剣に乗せた。

そうすることで、一時的にではあるが彼女の剣は伝説の聖剣にも劣らない切れ味を手に入れる。

突如として光り輝いた剣を、団長に向けて振り下ろす。

「む……」

団長は、ステファニーの剣を受け止めた。

だが、彼の剣はさくっと枝のように折られ、ステファニーの剣はそのまま団長の眉間へと進む。

しかし彼は、身をよじると剣の腹を拳で横から弾いた。

「えっ⁉」

「素晴らしい腕、素晴らしい知略だった。私相手に力を温存していたとは。また手合わせしようではないか」

剣を弾かれた反動でステファニーの軽い体がバランスを失い、団長に隙を見せてしまう。

その無防備な背中に団長は掌底(しょうてい)をたたき込んだ。

息が止まるほどの衝撃。

脳への酸素の供給が断絶されたステファニーは、その場で意識を失い崩れ落ちる。

負けだった。

ステファニーの完敗だった。

ステファニーはすぐに医務室へ連れていかれる。

その道中、ようやく彼女は目を覚ました。

目を開くと、視界にはローズがいる。その顔を見た瞬間、敗北を悟ったステファニーの目に涙が溢れた。

「す、すみません……私っ、私――」

「ちゃんと見てたから」

「でも！　絶対勝とうって思ったのに、負けちゃって、私……」

「いいんだ。勇気をもらった。だから、あとは――」

――私に任せて。

そう言って決闘に向かう背中を見ながら、ステファニーは泣きじゃくる。

自分の不甲斐なさすら消し去ってしまう、ローズの頼もしさに胸を締め付けられながら。

◆

ローズの気合は十分だった。

というのも、ステファニーの頑張りを間近で見たからだ。

彼女は見るからに貴族令嬢といった少女だった。

自分のようにがさつではないし、可愛らしい。最近は剣の練習を頑張っていた様子だが、それでもなお魅力は失われない。

その彼女が、すべてを懸けこの国の最強に挑んだのだ。

負けはしたものの、見事な戦いだった。

そんなステファニーの戦いを見て、血が疼かないわけがない。

彼女だけでなくナタリーも自分のために戦ってくれた。ならば、自分もそれに恥じない戦いをしなければ。

「ローズ様……」

「ん？」

くいと、袖を引っ張られる。

視線を向けると、ナタリーが心配そうに彼女を見つめていた。

「あの、ローズ様」

「どうした？」

「最後はきっとアリアンヌ様です。アリアンヌ様は魔法の達人。遠距離からの戦いでは騎士団長にも勝てるかもしれません。その……私、ローズ様が心配で」

「なんだ、そんなこと」

ナタリーの言葉に、ローズはほほ笑んだ。

「二人がこんなに頑張ってくれたんだ。負けるわけない」

そう言って、ローズはアルフォンスのもとへ歩いていく。

立会人である彼の前には、すでにアリアンヌが立っていた。

彼女の瞳には炎が宿っており、ちりちりと肌が焼けるように感じる。その胸元に決闘にはおよそふさわしくないネックレスが下げられていることが妙に気になった。

しかし、そんなことを気にしている場合ではないと視線を彼女の顔に戻す。

どちらも気合は十分だ。

ローズは、無意識にかちりとメリケンサックを打ち合わせた。

「逃げずによく来ましたわね」

「逃げる理由なんてないから」

「ふん。口の減らない。それよりも、覚えていますわね？　あなたが負けたら私の目の前から消え去ってくださいまし」

「あなたも、負けたら舎弟になるんだから。わかってる？」

アリアンヌは腕を組み、ローズを睨みつけた。

「そのような結果にはなりません。私が勝つんですから」

「奇遇です。私も勝つつもりですから」

そんなやりとりを見ていたアルフォンスは、二人の気迫にドン引きしていた。

顔を引きつらせながら確認をとる。

「い、いいかな？　今の時点で一勝一敗。この勝負で勝敗が決まる」

「わかっていますわ」

「さっさと始めて」

「む……わかった。では――」

アルフォンスはその右腕を二人の前に出した。

その腕が振り上げられれば、勝負の開始。

訓練場は、緊迫した空気に包まれている。

「始め!!」

その声とともに、アリアンヌは後ろに飛びのいた。

ローズは棒立ちになったまま相手の動向を見つめている。

「ふんっ！　そんな悠長に構えていていいんですの!?　いきますわよ！　『メガ・フレア』」

攻撃系魔法スキルとして有名な『炎魔法』。

アリアンヌはその発展形である『獄炎魔法』スキルの使い手だった。

彼女が生み出した炎の大きさは、優にローズの身長を超えている。

すべてを焼き尽くすと言われている彼女の炎が、容赦なくローズへと向かっていった。

「熱ぃな」

ローズはそう呟き、目の前に迫る炎を横跳びで避ける。

「単発ではだめですか！　では、これはいかがでしょう!!　はあぁぁぁ!!」

アリアンヌはそう言うと、先ほどと同じ大きさの炎を五つ、空中に浮かべた。

途端、アルフォンスは慌てて声を上げる。

「ア、アリアンヌ嬢！　そんなことをしては、ローズ嬢が!!」

「望むところ」

アルフォンスの心配をよそに、ローズは挑発するように手招きした。

それを見たアリアンヌはにやりと笑みを深め、湧き出る汗すら蒸発する熱量をローズに放った。

「早々に終わらせます！」

「そんなこと……まだ、始まったばかりでしょ？」

五つの炎がローズに襲いかかる。

彼女は、それらの炎をぼんやりと見つめるも、動く様子はない。

アリアンヌの魔法の実力は、この国でも上位に位置するものだ。

普通の人間ならば消し炭になるし、先ほどの騎士団長だって、遠くから魔法を放たれてはひとたまりもないだろう。

そんな魔法が一直線にローズに向かっていくのだ。

「ロ、ローズ!!」

「いや!!」

アルフォンスは思わず叫び、ナタリーは目を背けた。

見ている観客たちも同様の反応だ。

だが、ローズは違った。

両手を構え、メリケンサックを装着した拳を握りしめる。

そして大きく息を吸うと、右手を振りかぶった。

「うらあああぁぁぁぁぁぁ!!」

この時、ローズは初めてスキルを使おうと強く願った。

ローズはかつてスキルをコントロールできておらず、せめて常にスキルの力を抑えようと努めていたのだ。

そうして抑圧してきた『怪力』というスキルを、これでもかと絞り出し拳を振り抜いた。

そこから繰り出されるのは、圧倒的な風圧。

否。

風圧と呼ぶにはあまりにすさまじい、衝撃波だ。

その衝撃波は炎とぶつかり合い、せめぎ合って炎をかき消した。

逃げる活路を作り出したローズだったが、彼女は逃げない。

そのまま他の炎に向かって、拳を振るい、蹴る。

結果、アリアンヌの炎をあっという間にかき消したのだ。

「あ……まさか」

茫然と立ち尽くすアリアンヌに、ローズは服を焦がしながら不敵に笑う。

「これでお終い？　これで終わりだなんて言わないわよね？」

「な……なめるんじゃありません！」

アリアンヌはなけなしの気概を振り絞り、気丈にふるまった。

そこからも炎の弾幕がローズを襲う。が、またも彼女の拳によって消滅する。

アリアンヌがすべてを出し切るまで、その戦いは続いた。


「はぁっ、はっ、はぁ……んぐ、ふぅ、はぁっ」

そこから約一刻。

立っていたのは、抜け殻のようになったアリアンヌと、ドレスが膝丈くらいまで燃え落ちてしまったローズだった。

二人は息を切らしながら、立っているのがやっとの様子だった。

「ほら、まだよ」

ローズの挑発に、アリアンヌは応えられない。

もう、そんな体力も残っていないのだろう。

すでに袖など残っていないが、まくるようなしぐさをしながらローズは不敵な笑みを浮かべる。

「じゃあ、今度は私の番」

そう言って、ローズは重い体を引きずって動く。

それを見たアリアンヌは、表情をこわばらせた。

自分の渾身の魔法が幾度となく、あの怪力スキルに打ち破られたのだ。

その剛腕が今度は自分に向かって振るわれる。アリアンヌでなくともそれは恐怖だろう。

だが、ローズとて満身創痍だ。

何十発も、本気で殴り、蹴ったのだ。疲労は並大抵のものではなかった。

しかし、ここで膝を折るわけにはいかない。ローズの瞼（まぶた）の裏には、ナタリーとステファニーの頑張りがしっかりと焼き付いていた。

「覚悟して」

目の前に迫ったローズが呟いた瞬間、アリアンヌは目をつぶる。

そんな彼女に向かってローズは腕を振り上げると――

ばしん、と肩を叩いた。

「え……」

「悪かったな……」

「え……どういう……」

想定していなかった事態に、ぽかんと呆（ほう）けるアリアンヌ。

ローズはそんなアリアンヌを見てぶっきらぼうな言葉をかけた。

「あなたの根性はわかった。それだけ出し切ったんだから。そんな思いを無下（むげ）にはできない」

「ローズ……様」

「これで手打ちにする。私も言動には気を付ける。だから、あなたも少しは見逃して。それでいい？」

ローズは対話していたのだ。

言葉はなく、魔法と拳の応酬（おうしゅう）だったが、そこから見えるものは確かにあった。

わかったのは、アリアンヌがただのわがままや嫉妬から自分を責めていたわけでは決してないということだ。

ローズには彼女の深い考えはわからない。

だが、これだけ身をぼろぼろにしながら魔法を行使したアリアンヌの根性を認めこそすれ、受け入れがたいなどとは到底思わなかった。

ローズはアリアンヌを認めた。

その証に、殴る代わりに肩へ手を置いたのである。

「あなたは私のことを好きじゃないみたいだけど、私は案外、あなたのことが――」

――好きみたい。

その言葉に、アリアンヌは顔を真っ赤にして固まった。

そんな可愛らしい様子を見て、ローズは彼女の髪をぐしゃぐしゃとかきまぜた。

「ほら。そんなボロボロじゃや、可愛い顔も台無し」

「う、うるさいですわ……余計なお世話です」

「素直じゃないね」

肩を竦めてため息を吐いたローズに、アリアンヌは毒気を抜かれたのかふっとほほ笑んだ。

「私の負けです」

「あ?」

「ですから、ずっとあなたの傍にいようと思います……それが、決闘で負けた罰でしょう?」

「そうだね。まぁ、安心して。後悔はさせないから」

「ええ、少なくとも退屈はしなそうですね」

二人の少女はそう言い合いながら笑い合う。

戦いの末、二人の心にわだかまっていたものはすでに霧散している。二人の戦いは終わったかに見えた。

「必要……ありませんでしたわね――えっ」

すると、突然アリアンヌは、静かにうつむき、胸元にあるネックレスに手を添える。

憂いが晴れたアリアンヌは胸元を押さえて苦悶の表情を浮かべた。

「嘘っ、どうして!?　私、こんなこと、したくありませんのに!!」

胸元のネックレスが強く光り始める。彼女はそれを抑えようと躍起になっているようだが、光の強さは増すばかりだ。

「アリアンヌ！　これは、一体!?」

「だめっ！　せっかく、ローズ様と和解できたのに、こんなのって！　嘘っ、いや、いやあああぁぁぁぁぁ!!」

ローズが駆け寄ろうとしたその瞬間、アリアンヌは悲鳴を上げながら地面へと倒れた。

そして、ローズが抱き起こす前に、彼女はゆっくり立ち上がった。

「ア、リアンヌ？」

驚くローズを後目に、彼女はいつの間にか笑みを浮かべていた。その笑みはひどく歪んでいる。

「ふふっ、困りますねぇ。こんなんじゃ。しっかりと最後まで踊っていただかないと」

突然、別人めいた口調と表情になってしまったアリアンヌ。その変わりように、ローズは眉をひそめた。

「あなた……誰？」

「おや、さすがはローズ様。お気付きになられましたか？　まあ、そんなことはどうでもいいのです。今は、目的を果たさねば。あの方に頼まれましたからね」

「あの方？　目的？　一体なんの——」

アリアンヌはわけのわからないことを言いながら、胸元のネックレスを強く握りしめた。先端についている宝石の光が、禍々(まがまが)しく色を変えていく。そして、細い鎖から解き放たれたそれが空中に浮かび上がった。

「さぁ……これでいい」

そう言ったアリアンヌは、突如として糸が切れたマリオネットのように脱力する。

地面に崩れ落ちる彼女を、アリアンヌはとっさに支えた。

「ねぇ！　大丈夫!?」

「……に、逃げて！　逃げてくださいまし！」

ローズが彼女を抱きとめると、アリアンヌは顔を歪(ゆが)めて叫んだ。

そうしている最中も、輝くネックレスはアリアンヌの身から離れ、さらに光を増していく。

「一体どういうこと！」

「ローズ様！　早く私を置いて逃げてください！　これは、これは――」

――マカルタイトの石です!!

アリアンヌの叫びに、周囲に群（むら）がっていたものたちの表情が一気に変わり、一斉に逃げ惑った。

マカルタイトの石。

それは、かつて王都を灰に変えたと伝えられる呪われた石。

大量の魔力を内包したその石は、強い魔力をトリガーにして爆発する。

軍事利用された時代もあったが、その威力がすさまじく使用が禁じられていたものだ。

それをなぜアリアンヌが持っているのかわからない。

だが、様子を見るに、まもなく爆発することは間違いなさそうだ。

「ローズ様！　あなたもお逃げください!!」

「うるさい」

叫ぶアリアンヌはおそらく、もう腰が立たないのだろう。

絶望の表情で逃げろと叫ぶのは彼女の思いやりだろうが、ローズには関係なかった。

「あなたがなんでこの石を持ってるのか知らない。何に使おうと思ったのかも知らない。どうでもいい。だけど……私は、私が認めた奴をここで見捨てるなんてできない。そんなことするくらいなら、死んだほうがましだ」

ローズはそう言うと、石から庇（かば）うようにアリアンヌを抱きしめた。

「ローズ様!?　ダメです！」

「私も……もう力が出ない。だから、これくらいしかできないんだ」

「っ——」

ローズの笑みに、アリアンヌは何も言えない様子だ。

ただ、何かに耐えるようにぎゅっと目をつぶり、ローズに縋りついている。

空中に浮かんでいる石は、どんどんと輝きを増していった。

「そろそろやばいかも……」

ローズの直感では、マカルタイトの石は限界を迎えようとしていた。

その直感通り、あれだけ光を放出していた石が、光を収束させ始めた。魔力を内側にかき集めているのだろう。

そして、音が消えた。

その一瞬が永遠のように長く感じる。

はじける一歩手前。

さすがのローズも顔をしかめ、衝撃に備えたその時——

「こんな時くらい、私に頼ってくれてもいいんだけどな」

ローズとアリアンヌの前に割り込んだ人物がいた。

「アルフォンス!?」

「動けない淑女たちの盾になる程度なら、私でもできる」

「やめろ！　お前じゃ、無——」

「ローズ嬢。無理だなんて誰が決めたのかな？　僕は王族だよ？　君たちの知らない力の一つや二つ、持っているものさ」

そう言って笑ったアルフォンスは、両手を前に出し詠唱を始めた。

ローズも、アリアンヌでさえ聞いたことのないその呪文を、彼は歌うように滑らかに紡いでいく。

「王族にだけ与えられたスキル『守護魔法』。いくらマカルタイトの石といえど、少しくらいは持ちこたえられるさ」

「アルフォンス――」

「叶うことならもう一度、君と二人で過ごしたかったな」

「なんで今、そんなことを――」

そう叫ぼうとしたローズの声は、爆発にかき消されてしまう。

視界が真っ白に染まる。

たくさんの人の悲鳴がその場に響きわたったが、その声も無になっていく。

それからどれだけの時間が経っただろうか。

光が消え去った後……そこに倒れていたのはアリアンヌとローズの二人だけだった。

◆

不気味に揺れる蝋燭の火。

その横を誰かが通り過ぎ、空気が揺らいだのと同時に明かりも揺れる。

分厚い絨毯に吸い込まれていく足音はゆっくりと部屋の奥へと向かっていき、その最奥で止まった。

「やはり、高い魔力を持つものの精神を操るのは骨が折れそうですね」

「そうか。だが、結果としては上々じゃないか」

「そう言っていただけると力を尽くした甲斐があるというものです」

揺らぐ光に浮かび上がるのは、執事服を着た少年の顔。

中性的なその顔は、存在感を感じさせない。

その少年こそ、アルフォンスに執事として仕え、そして先日、アリアンヌに学園の中庭で接触したものだった。

彼は満足げな様子で目の前の男に話しかける。

「ですが、今回は失敗しないよう入念に準備を進めましょう……そうですね、一月もかければ全く別の人間を作り上げることも可能だと思いますよ。本当に、あなた様にはこのような機会をいただきありがたく思っております」

「やめてくれ。俺とお前の利害が一致した。それだけのことだ」

「ジアン先生でしたか？　あの方も、他の協力者も満足そうです。ただ、マカルタイトの石の錬成には骨が折れたようですが」

「ゆっくりやればいい。時間はまだある。だろう？」

「ええ。私も、これから自分のスキルを行使しなければ。じっくりとね……」

「任せた。あぁ、楽しみだな。これで、俺を虚仮にしたあいつを——あの女に痛い目を見せることができるんだ。ははっ！　今から愉快でたまらない。あいつの顔が苦痛で歪むところを想像するとな、ははははは！」

執事服を着た少年は、自らの雇い主が声高に笑うのを見つめながらゆっくり頭を下げ、その場を後にする。

そして部屋を出ると、向かったのは地下室だ。

この屋敷の主人はかなり趣味がよく、地下牢を持っていた。彼の目的地はそこだ。

今、その地下牢にいるのはたった一人。

少年は、これから先のことを想像して思わず口角を上げた。

「さぁ、始めましょうか。私のスキルとあなたの心。どちらが勝つのでしょうね……アルフォンス殿下」

男の視線の先には、四肢を鎖で縛られ猿轡をされたアルフォンスが、冷たい石床の上に転がされていたのだった。

# 第五章

「どういうことなんだ！　殿下がいなくなっただと⁉」

「状況を見る限り……誘拐されたとしか思えないのです」

「なんでも、守護魔法を使われた直後ということでしたから……魔力が弱まっていたのでは」

「そんなことはどうでもいいんだ。一体殿下はどこにいらっしゃるのか」

「ご無事だといいのだが……」

アルフォンスがいなくなってから、学園はもちろんのこと王城も大騒ぎだった。

学園での出来事は、決闘に参加していた騎士団の二人からすぐに王城へと伝えられた。もちろん、その場にいた近衛騎士もアルフォンスを守れなかったことに対して批判を浴びたが、当時、マカルタイトの周囲には即座に結界が張られ、中に入れなかったらしい。そのような結界を張るには相応の準備が必要となるため、犯人として学校関係者が疑われた。

そこから行われたのは、学園の関係者に対する執拗な取り調べ。

そして、探索系のスキルを持った者たちによるアルフォンスの捜索だ。

取り調べは、その時訓練場にいたすべての者たちが対象となり、日をまたいで行われた。しかし、手がかりは全く掴めない。

捜索も三日三晩、休むことなく行われたが、アルフォンスは結局のところ見つからなかった。

その時、やり玉に挙げられていたのはアリアンヌ・ジェリオだ。

彼女の持っていたマカルタイトの石がきっかけでこの誘拐は起こったとされ、容疑者の筆頭にされたのだ。

彼女は、ひどく尋問されたらしい。

学園での行動の一つ一つに始まり、マカルタイトの石の入手経路や、その目的。

果ては、彼女の個人的な想いまで根掘り葉掘り聞かれたのだ。

尋問後、彼女自身は誘拐に無関係と見なされたが、正体不明の執事との関わりから謹慎処分になる。

彼女にマカルタイトの石を渡した執事だが、どこの貴族家にも所属しないものだったようだ。

アリアンヌから聞いた情報で似顔絵を王国中にばらまいたものの、それも徒労に終わった。

もはや、アルフォンスを捜し出す手段など、人海戦術しかなくなってしまったのだ。

王都中をくまなく捜す他、周辺の街にも捜索の手を広げ、草原や森の中まで探したのだが、やはり見つからない。

国王はそこで一旦、捜索を打ち切ることとした。

その知らせが学園に届いたのが、事件から一か月後のこと。

それが、あの日から今日までの一部始終だった。

「――だそうですよ？」

すさまじい勢いでそう説明したのはナタリーだ。

ここは、寮のローズとステファニーの自室。そこで、ナタリーが調べてくれたことをまとめて報告してくれたのだ。

ローズは真っ先にアルフォンスを助けに行こうとしていたのだが、情報がなければ何もできない。

そして騎士団が動いている時は、自分は邪魔をしないほうがいいだろうと様子を見ていた。

だが、それももう終わりだろう。

ローズは、自然と手に力が入るのを感じていた。

「ありがとう、ナタリー」

「いいえ、ローズ様に喜んでもらえたなら嬉しいです！」

「本当にすごいよ」

ローズがねぎらうようにそっと頭を撫でると、ナタリーはくすぐったそうに縮こまった。

ちなみに、ここにはあの戦いを共にしたステファニーとナタリーしか近くにいない。

「本当にすごいですよね。ナタリーさん、よくこんな情報集められましたね」

すると、ナタリーはこれでもかとドヤ顔を浮かべて、ない胸を張る。

「これでも情報系のスキル持ちですからね。同じ系統のスキル保持者の横のつながりを頼りました！」

「だけど……アルフォンス……今、どこにいるんだろ」

「そこが一番の問題ですよね」

ローズは、あの時から彼のことが片時も頭を離れなかった。

アリアンヌをマカルタイトの石の爆発から守ろうとしたものの、力を使い果たし足手まといでしかなかったローズ。

そんな自分を守るために、アルフォンスはその身を盾にしてくれたのだ。

そして、いなくなった。

責任を感じるな、と言うほうが無理である。

「怪我とか……してないかな」

ローズはぽつりと呟いた。

もし、怪我をしていたら。

もし、その怪我が命に関わるものだったら。

言いようのない恐怖が体の奥底から湧き上がってくるのを感じていた。

こんな感情、生まれて初めてだったのだ。

それを抑えつけるように、彼女は胸のあたりを強く抱きしめる。

「それにしても……ローズ様。もしかして、アルフォンス様に惚れちゃいました？」

「は？」

顔をこれでもかと歪ませたローズが、メンチを切るかのごとくステファニーを見た。

「怖い顔しないでくださいよ！　だって……そんなに男の人のことを気にするの初めて見ました

し……何より、あんなシチュエーションで守られたら、普通、好きになっちゃうかなって！　聞いた限り、エンディング前のアルフォンス様の見せ場のシーンと同じ感じみたいですし！」

「えっと、ステファニー様って時々わけのわからない言葉を使いますよね？　確かに、似たような場面は舞台とかであるかもしれませんが」

「え？　あ、いいのいいの！　気にしないで！　別になんでもないんだから」

「はぁ……」

ステファニーお得意の意味不明な話にナタリーが突っ込んでいるが、ローズにはそれも耳に入らなかった。

ステファニーに指摘された言葉が頭から離れない。

自分が、アルフォンスを好き？

そんなことがあるわけがない。そもそも男が、自分みたいながさつな女を好きになるわけがない。

それは、前世で嫌というほど学んだ。

だからこそ、自分が誰かに恋をしたところで無駄だし、決してすることもないと思っていた。

ローズは今でもそう思ってる。

しかし、アルフォンスは確かに自分に好意らしきものを向けてくれていた。

そして彼自身、外見はやや男らしさに欠けるが整っているし、なよなよしているところはない。

それに、自分の身を挺（てい）して女性を守るとか、正直な話、死ぬほど漢気（おとこぎ）に溢れている。

だからといって好きかと言われたらよくわからないけれど、嫌いかと言われたらそうじゃない。

そんな思考がローズの頭の中でぐるぐると回る。

混乱しているローズを見ていたステファニーとナタリーは、にやりと笑みを浮かべて口を開いた。

「ローズ様、顔真っ赤」

「照れてるんですか？　可愛い！」

その指摘に、思わず顔に触れる。

熱い。沸騰した湯のようだ。

その熱に驚きつつ、からかわれていることに気付いたローズは手を上げるわけにもいかず、そっぽを向く。

すると、ナタリーの冷静な声が耳に飛び込んできた。

「まあ、ローズ様いじりはこのくらいにして……今日、二人と話しに来たのは情報共有のためだけじゃないんです……大事なことを伝えたくて」

「大事なこと？」

ステファニーが聞き返し、ローズはぱっと振り向いた。

二人の視線を感じたナタリーは、小さく頷く。

「私のスキルは『絶対記憶』なんです。一度目にしたものは忘れません。それで、あの決闘の時に見たマカルタイトの石について調べてみたところ、文献には透明な結晶の中央に丸い核があるって書いてありました。ですが、私の記憶に残っているあの石は、透明じゃなくて、うっすら色がついていたんです。これって、どう思いますか？」

彼女の問いかけに、二人はごくりと唾を呑み込んだ。

「つまり……あの石はマカルタイトの石じゃなかった？」

ステファニーが呟いた。

確かに、文献に書いてあるものと違うということは、その可能性もある。

ローズは疑問を素直にぶつけた。

「その文献が間違ってるとか？」

「ローズ様、それはないですよ。私が読んだのはゴーゴルが出版しているもので、信頼性が高いんですよ」

「この世界の検索エンジンみたいなものですから大丈夫です。ゴーゴル先生に聞けばなんでも解決ですよ？」

ナタリーとステファニーの二人がそう言うのであれば、きっと大丈夫なのだろう。あまり本に詳しくないローズは、了解の意を示すように小さく頷いた。

ローズは文献が正しいことを前提で考えを巡らせる。

「つまり……アリアンヌが持っていた石はマカルタイトの石とは違う特徴があった。そして本来であれば大爆発するはずのそれが、誰も傷つけずにアルフォンスと共に消失した」

すると、ナタリーも口を開く。

「色がついている魔石は特別な効果を持つって聞いたことがあります……ですが、その文献にも、この前見たようなうっすらとした色の魔石はなかったはずです」

「完全な想像だけど……あのマカルタイトの石は、その強大な魔力に加えて特別な効果が加えられてたってこと？　例えば、誰かをどこかに転移させるとか……」

「知り合いの話だと、自然にとれる魔石に他の効果や機能を付与する研究が盛んに行われているとか」

「なら、可能性としてはあるってことですね」

ステファニーの言葉に皆が考え込む。

だが、当然のことながら今は答えの出ない疑問だ。

ローズは、話の流れを戻すために現状を整理し始めた。

「とにかく、アルフォンスの消息はいまだに掴めない……」

「犯人の目的はなんでしょう？」

ステファニーが身を乗り出して問いかける。

ナタリーもローズも眉をひそめた。

「一か月も経って音沙汰なしですから、身代金ではなさそうですね」

「なら別の目的があるってことか……」

それきり、推測は進まない。

まあ、子爵家令嬢、男爵家令嬢、平民では持っている情報量が少なすぎるのだ。

硬直状態に陥ったかに思えた最中、ナタリーがおずおずと口を開いた。

「あの……アリアンヌ様に会いに行きませんか？」

「アリアンヌ様に？」

ナタリーの言葉に、ステファニーは訝しげな視線を向ける。

当然だ。

決闘を申し込まれ、敵対していた相手である。誰も好んで会いたいとは思わないだろう。

しかし、ナタリーはその視線に負けずに持論を展開する。

「騎士団はアリアンヌ様を尋問しました。ですが、本当にすべてがつまびらかになったのでしょうか？」

その言葉に、ステファニーは考え込み、ローズは視線を鋭くした。

「つまり、ナタリーはまだ何かあるって思ってるのか？」

「ええ。だって本当に唯一の手がかりですよ？　隠された真実があるかもしれないじゃないですか！」

そう言ってナタリーは立ち上がる。

そして、誰もいない宙に向かって人差し指を突きつけた。

「真実は、きっとそこにあるのです！」

のりのりなナタリーを見た二人は、思わず大きなため息を吐く。

「ナ、ナタリー様。もしかして、推理小説などお好きですか？」

ステファニーの指摘に、ナタリーは恥ずかしそうに頬を両手で包んだ。

「きゃ、わかりました？　そうなんです！　手がかりを集めていくなんて、もう、最高に興奮しちゃって!!」

お茶目なナタリーに二人は苦笑いを浮かべたが、彼女の言っていることはもっともだ。

ローズは静かに立ち上がると、垂れ落ちていた髪を無造作にかき上げる。

「もう騎士団は頼れない……なら、ダチである私たちがどうにかするしかないってわけだな」

「ローズ様も乗ってきましたね!!」

「ふぅ……二人とものりがいいんですから」

ナタリーは嬉々として、ステファニーは肩を竦めつつ。

三人は、手がかりを持っているかもしれないアリアンヌの自宅へ向かうことに決めたのだった。

◆

ここ、王都ヴァッサーの街の構造はいたくシンプルだ。

大きな円を描くような形状の街は、城壁を隔てて外側と内側に分かれる。

元は、すべてが壁の内側に建てられていたのだが、人口の増大とともに、どんどんと外側に広がっていったらしい。

もちろん、外側はお金のない人たちの領域だ。

平民たちは外側の住人であり、内側は貴族もしくはそれに準じた人々が住んでいる。この城壁の外に住んでいるか中に住んでいるかで身分の区別が行われていると言っていい。

そんなヴァッサーの街を馬車で進むのはローズたちだ。

彼女たちは、貴族の邸宅が集まっている地域へと向かっていた。

通称、貴族街と呼ばれるそこにはアリアンヌの実家であるジェリオ家があり、当然、ジェリオ家にはこれから訪れると先触れを出している。さすがに公爵家に突然行くほど無礼ではない。

しばらく馬車を走らせると、ようやくジェリオ家の邸宅が見えてきた。

物々しい雰囲気を醸し出すそれは、まさに公爵家の邸宅にふさわしいたたずまいだ。

「ひゃー、大きいですよね！　っていうか、私、ここに来てよかったんでしょうか？　平民なのに」

「今更じゃないですか？　同級生の自宅に訪れるんですからそれほど身構えなくていいんですよ。……ですが、うちの貧乏男爵家の自宅がいくつ入るんだろう……」

「確かにでかい。堅気じゃない、絶対に」

三人とも、その屋敷の大きさに気圧されていたが、この前を何度も通っているのだろう御者は動じておらず、冷静にジェリオ家の前に馬車をつけた。

「着きましたよ、ご令嬢方」

「あ、はい！　ありがとうございました！」

三人はお金を払い外に出る。

その姿を確認すると、馬車はすぐさま出発しその場から去っていってしまった。

三人とも専属の馬車も御者も持っていないため、短時間ではあるが雇ったのだ。

さすがに徒歩で来るような不躾な真似はできない。

「じゃあ、行きましょうか……」

「……ですね。えっと、先頭は誰が――」

「馬鹿言ってないで行くよ。とって食われるわけじゃないんだから」

尻込みする二人の横を、ローズが颯爽（さっそう）と通り過ぎる。

「ほら、置いてくよ」

「あ！　待ってくださいよ！」

「あ、ああ、足が緊張で動かない!!」

三者三様に門まで歩いていく姿はひどく滑稽（こっけい）だ。

ジェリオ家の門兵も、笑いを押し殺しながら、丁重に迎えてくれたのだった。


「お嬢様はお支度をしておいでです。今しばらくお待ちくださいませ」

そう言って執事は外に出ていく。

三人は客人ということで、屋敷に通された。

通された部屋は、見事な調度品が並ぶ豪華な造りだ。

慣れない雰囲気に居心地の悪さを感じた三人は、縮こまりつつソファに座っている。

「あ……これってもしかしてあの有名なトラカゾンダ作の絵画じゃないですか？　うわっ！　こっちには希少なゴールデンダイヤモンドまで飾ってあるなんて！」

「高いのか？」

「高いなんてもんじゃありません！　ゴールデンダイヤモンドなんか値段が付きませんよ！　私の人生十回分かけても稼げない金額なのは確かです」

「わかっていると思っていましたが……どんだけお嬢様なんですか、アリアンヌ様は」

ナタリーは周囲の調度品の一つ一つに飛び上がらんばかりの驚きを示し、ステファニーはあまりの豪華さに呆れかえっている。

ローズは素知らぬ顔でぼんやりと壁を見つめていた。

メイドがやって来て、お茶が出され、そのお茶が温くなってきた頃。

三人のもとにようやくアリアンヌが現れた。

「ごきげんよう、皆さん」

執事と共に入ってきたアリアンヌは、学校で会った時よりもげっそりとしている。

やや頬に影ができていた彼女は、以前の勝気な様子など全く見せないまま三人の前に座った。

「突然で驚きましたわ。まさか、ローズ様たちがうちにやって来るなんて」

そう言ってほほ笑むが、その表情には活気がない。

ローズはそれを見て眉をひそめると、よそ行きの言葉遣いで返す。

「ごめんなさい。聞きたいことがあって」

「わかっています。アルフォンス様についてですね」

アリアンヌはお茶に口をつけると、小さくため息を吐きながら外を見る。

「ですが、もうすべて話したのです。皆さんも聞いているでしょう？　私は、よくわからない男にそそのかされマカルタイトの石を渡されたのです。それで、このようなことになってしまい……本当に申し訳ないと思っています」

そうして、アリアンヌが頭を下げる。

その姿のなんとか細いことか。

ローズには、どうしても先日拳を交えた人間と同一人物に思えなかった。

あの時の彼女はもっと凛(りん)としていた。

信念を持っていた。

強い想いがあった。

だが、今目の前にいるのは打ちのめされ、なんとか立っているだけのか弱い女である。

そんなアリアンヌを見ていると、ついどうにかしてやりたいと思ってしまうのがローズだ。

ローズは膝の上に置いてある手をぎゅっと握りしめる。

「その男のことは何もわからないの？」

「はい……石を渡してきたことくらいしか」

「でも、あの時のアリアンヌ様は石を使うつもりはなかった。そうでしょう？」

ローズの質問に、アリアンヌが歯を食いしばり何かに耐えるような表情になる。

「そ、それでも、石を持っていたことは事実ですし、あの石が発動してアルフォンス殿下がいなくなったことも事実です」

「違う」

ローズはやや語気を強めてアリアンヌを見つめた。

そんなローズの様子を不思議に思ったのか、ステファニーが口を挟んだ。

「何が違うんです？　ローズ様。アリアンヌ様の目の前で言うのは憚(はばか)られますが……アリアンヌ様が石を持っていて、それが原因でアルフォンス殿下がいなくなったのは事実だと思いますが」

「わかってない……。あの時、私の目の前でアリアンヌは別人みたいになった。そもそも、石なんかで私をぶちのめそうって、アリアンヌが思うわけがない」

その言葉に、ローズ以外の三人はそれぞれの疑問の表情を浮かべる。

「アリアンヌは、気に食わない奴は石なんか使わずに自分の力でどうこうしようって思ったはず。汚いことはしない。それくらい、付き合いの短い私でもわかる」

その言葉を受けて、ステファニーが声を上げた。

「確かに！　ゲームでもアリアンヌ様は真っ向から主人公に挑んでいましたから!!」

「言われてみると、そんな気も……アリアンヌ様は厳しくも筋の通った方だと評判でしたよ？　というかステファニー様。そのいつも言ってるゲームってなんですか？」

ナタリーは首を傾げてステファニーに問いかけつつも、ローズに賛同している。

そんな三人の言葉を聞いて、アリアンヌは目をぱっちり開けて驚きの顔だ。

「確かに、こいつが私を気に食わなかったのはわかってる。なら、石がどうにかなりそうな時、そのままにしとけばよかった。だけど、アリアンヌは私に逃げろって言ったんだ。私は、そんな奴が進んで卑怯なことに手を貸すわけないと思ってる。まあ、勝手な思い込みかもしれないけど」

ローズは、アリアンヌを鋭く視線で射貫いていた。

対するアリアンヌも、毅然とした態度でローズの言葉を受け止めていたが、直後、その双眸から大粒の涙が溢れ出す。

「……アリアンヌ」

「だっ、誰にも信じてもらえませんでしたっ！　自分が自分じゃなくなる瞬間があったなんて！　時折、私の意識の中に誰かが入り込んでくるような、そんなっ、そんなの、誰も信じてくれなかっ——」

アリアンヌはそのまま顔を伏せ泣き続ける。

その横では、ステファニーが腕を組み、何かを考え込んでいた。そして、今までにないくらいの険しい表情で、絞り出すみたいに言葉を発した。

「……思考誘導」

その言葉を聞いたナタリーははっと顔を上げる。すると、ステファニーが再び口を開いた。

「ゲームのシナリオの中には、思考誘導のスキルを使った事件がありました。それはこんな大事にはならなかったのですが……アリアンヌ様に思考誘導のようなものをかけたとしたら、望まぬ行動をとらせることもできたのでは？」

「でも、思考誘導のスキルってそれほど万能じゃないって書いてありましたけど……」

「私が知ってる事件では、負の感情を増幅させて、人を襲わせてましたから……でも、誰かに意識を乗っ取られるかどうかまでは確信がないけど」

二人の言葉を聞いて、ローズはアリアンヌに問いかける。

「アリアンヌ。さっき言ったこと、本当なんだよね？」

アリアンヌは嗚咽を漏らしながら、涙だらけになった顔を隠すようにしつつ小さく頷く。ローズはそれを見て、口角を上げた。

「決まり。アリアンヌは誰かに操られていた」

ローズの断言に、ステファニーとナタリーは驚きの声を漏らす。

「ローズ様!?　アリアンヌ様の言葉を信じられるのですか？」

「本当に思考誘導をかけられていたとは限りませんよ？」

「うるさい。アリアンヌが本当だって言ってるなら、私はそれを信じるだけ」

そう宣言するとローズは、二人に視線を向ける。

彼女の表情は怒っているわけでもなく、悲しんでいるわけでもない。

ただただ、まっすぐな視線だった。

その視線に貫かれた二人は一瞬身構えたが、次の瞬間には苦笑いを浮かべて脱力する。

「ローズ様はこうと決めたら動かないですよね。でも、どうしてか正しい気がします」

「そうしたら、アリアンヌ様は操られていた、という線で調査をしてみましょうか。思考誘導のスキルの使い手はあまりいませんから、調べるのも容易かもしれません。」

「ナタリーさんの情報網を使って調べることは可能ですか？」

「はい！　こんな時じゃないと役に立ちませんから！」

ステファニーとナタリーは、手がかりを探そうと張り切っていた。

そんな二人の向かい側では、アリアンヌが顔を隠すようにうつむき、目元をハンカチで拭いている。

「どうした？　アリアンヌ」

「なぜ……あなたたちは」

顔全体に、疑問だと書いてあるようなアリアンヌを見て苦笑いを浮かべたローズは立ち上がり、彼女の横に立つと無造作に頭を撫で始めた。

それをアリアンヌは抗わず受け入れる。

「あなたは悪くない……こんな企てをした奴を絶対見つけてみせるから……そしたら、また戦ろう」

「……ローズ様」

アリアンヌはローズを見上げながら、再び双眸より雫を垂らす。雫の数は、瞬く間に増えていった。

「わ、私は……騎士団の方に色々聞かれてっ……最終的には、私の恋慕が引き起こした事件ということにされました……。私はこんなことをしたかったわけじゃなかったんです!!　私は、正々堂々戦って、ローズ様を打ちのめして、胸を張ってアルフォンス様に声をかけたかった。それだけなのです!!」

アリアンヌの顔はさらにひどいものになる。

だが、その瞳に宿る光は先ほどとは比べ物にならない。

彼女は、透き通った瞳でローズたちを見つめる。

「あなた方は、敵だった私のことをしっかりと見てくださっていた……。信じてくれました。私は、そのことがたまらなく嬉しくて……感謝しておりますわ」

ローズはふわりと笑顔になり、そのままぐしゃぐしゃとアリアンヌの頭を撫でた。

「後は任せて。アリアンヌにも、アリアンヌの想いにも、汚ない企(たくら)みは似合わない」

「ローズ様……」

「邪魔したね。ゆっくり休んで」

ローズはそれだけ伝えると、すぐに立ち上がって歩き出す。

そこに、ステファニーとナタリーも加わった。

出ていきそうになる三人に、アリアンヌは慌てて声をかける。

「あの！　ローズ様!!」

「ん？　何？」

「今まで色々ありましたが……あなたに言ってもらえた言葉。一生忘れません……いつか、このご恩を返しますので――」

「違うでしょ？」

ローズは振り向くと、くしゃっと笑みを浮かべた。

「困ったら、いつでも助けてあげる」

そう言って、ローズは部屋から出ていった。

「はあぁぁぁぁぁ、ローズ様。かっこよすぎ」

「わかります、ステファニー様。なんでああも凛々しいんでしょうか。私、ローズ様が女性なのが歯がゆくて歯がゆくて」

「でも最近、ローズ様なら女の人でもいいかなって思う瞬間があるの」

「あぁ……やばいですね、ステファニー様。でも……ちょっぴり理解できる私が怖いです」

何やらステファニーとナタリーの二人がくだらないことを言っているのを後目に、ローズは考え込んでいた。

どこかしっくりとこない。

その理由がわからなかったが、何かがすっきりしないのだ。

居場所のわからないアルフォンス。

アリアンヌの苦痛に悶えていた姿。

思考誘導というスキルの存在。

気になることはたくさんあるけれど、もっと根っこのほうで気持ち悪い感じが拭えない。

「ローズ様、どうしました？」

「あ？　あぁ」

「何か気になることでも？」

ようやく落ち着いた様子の二人に、ローズは自分の気持ち悪さを伝える。

二人はピンときていないような顔だったが、二人なりにローズの話をかみ砕きながら答えてくれた。

「その違和感が何か手がかりになっているかもしれません。ローズ様、一つずつ整理していきましょう」

「そうですね。まずは騎士団の取り調べのことから」

そう言うと、ナタリーは手帳をとり出した。

「えーっと。まずアルフォンス殿下消失事件の経緯ですが、執事らしき男がアリアンヌ様に石を渡したところから始まります。そして、アリアンヌ様とローズ様の決闘があり、その最後に石が発動してアルフォンス殿下がいなくなってしまった。簡単ですが、これが流れですね」

「私たちが調べたことを加えるなら、思考誘導のスキルが使われていた可能性が高いこと、マカルタイトの石とは別の石だった可能性があることでしょうか？　私は特に違和感は覚えませんが……」

ステファニーは腕を組み、首を傾げながら考え込む。

ナタリーは、いまだ顔をしかめているローズに問いかける。

「ローズ様……一応この流れで間違いないと思うのですが、どのあたりに違和感が？　確かに、なぜアルフォンス殿下が狙われたのかは理由がわかりませんが――」

「それだ」

今の言葉に、ローズは顔を上げて、ぱっと目を見開いた。

「元々……この事件で狙われたのはアルフォンスじゃない」

「え？」

「考えてもみて。アリアンヌは私が憎かった。そこにアルフォンスがしゃしゃり出てくるなんて誰が予想できる？」

「なるほど……動機の部分ですね。盲点でした」

ナタリーは顎に手を当て考え込む。

「……つまり、最初からローズ様が目的だったとしたら？　アルフォンス殿下は間違いで攫われた？」

「そう……私を狙う誰かを捜せばいい。そして、思考誘導とマカルタイトの石。二つの手がかりで絞り込めれば――」

「犯人を突き止められるかもしれません」

ナタリーは顔を上げてローズを見る。ローズの異様な切れに、ステファニーも目を見開いていた。

ローズはその視線に応えて力強く頷く。

「私に恨みを持つ人間には心当たりがある」

その言葉に、今度はステファニーが口を開いた。

「もしかして……私とナタリーさんが関わった？」

「そう……ナタリーに絡んでいたあの糞先公と、ステファニーに絡んでいたあの馬鹿野郎」

「ジアン先生……」

「シメオン様……」

その名前に表情がこわばる二人。

きっと、あの時の恐怖や不快感を思い出したのだろう。

揺らぐ視線。

しかし、二人は揃って両拳を握りしめると、顔を上げた。

彼女たちの視線には、怯えや迷いが確かにある。それでも、宿る光に力強さを感じた。

「ローズ様。あの夜会で、私はシメオン様に言い寄られていました。あの時助けていただいたことがきっかけで、ローズ様のことを……大好きになりました。ですから……またあの人に関わるかもしれないことは嫌ですけど、私はローズ様を狙った犯人を捜します。ローズ様を助けます！」

「私も……ジアン先生にああされた時……しょうがないかもって思いました。けど、ローズ様を見て自分が間違っていたってわかったんです。私はローズ様のように強くなりたい。ですから、ローズ様の助けになりたいです」

ローズは、二人の言葉を聞いて嬉しくなった。

確かに、二人のことを守ってあげたことはある。

しかし、あの時から二人は自分とともにいてくれた。そして、自分の心を支えてくれたのだ。

ローズは目をつぶり、前世の記憶をたどる。

レディースの仲間たちは、互いに思い合っていたし、信頼し合っていた。

無条件で背中を預けられる奴らだった。

それから、今。

新しい世界で、ローズは出会ったのだ。

心から信頼できるダチに。

支え合える、存在に。

「ステファニー、ナタリー」

「はい！」

「……はい」

「この考えが正しいとして……私は、私を狙っていた企みにアルフォンスが巻き込まれたことが許せない。あいつを助けられなかったこともそうだけど、助けられた借りを返せないことも我慢ならない……。だから――」

――二人の力を貸して。

その言葉に、二人はびくりと背筋を震わせた。興奮しているのか、顔に赤みが差している。

「もちろんです！　私がローズ様を助けるなんて当たり前のことですからね！」

「ローズ様から頼まれては断れないじゃありませんか!!　もちろんです！　頑張ります!!」

二人は力強く頷いてくれた。

が、そのあと、何やらニヤニヤしながら話し始める。

「ですが……ローズ様も素直じゃないですよね。アルフォンス殿下が心配ならそう言えばいいのに」

「ちょっぴり照れくさいのもあるんじゃないでしょうか？　そういうところ、ローズ様はすっごく可愛いですよね」

ローズはそれを聞いて途端に恥ずかしくなった。

彼女が二人を睨みつけると、一目散に逃げていく。

そんな二人を追いかけつつ、ローズは思うのだ。

二人となら、きっとアルフォンスを助けられると。

そう、確信していた。

◆

アルフォンスは、今自分がどこにいるのか、何をしているのか、自分が何者なのか、すべてが朧げであった。

まるで夢の中にいるような、現実感のなさ。

地面に突っ伏しているのに、浮かび上がっているような浮遊感。

奇妙な感覚に吐き気を覚えながら、アルフォンスはなんとか正気を保とうと目を見開いていた。

「どうしてローズを連れ去れなかった‼　お前の作った石はどうなってる！」

「まだ試作段階ですから、そういうこともあるでしょう？　それよりも、今はアルフォンス殿下をいかに有効活用するかが問題では？」

マカルタイトの石の爆発からローズを守ろうとしたのだが、いつの間にかこの状況になっていた。

そういえば、彼女はどうなったのだろうか。

自分が発動した守護魔法は意味があったのだろうか。

そんな疑問が浮かんでは消えていく。

「私の思考誘導スキルはまだ発展途上です。殿下の傍に入り込むにもかなりの時間がかかったのですから。アリアンヌは短時間だったのであまりうまくいきませんでしたが、あの石があれば殿下を意のままに操ることも不可能ではないかと」

「ふぅん……。そうか。ならまずはアルフォンスを傀儡にし、そこからローズを追い詰めればいいか。くくっ、いい案だ。やれるんだな？」

「はい。お任せください」

声は聞こえるが、理解が追い付かない。

自分の中と外に分厚い壁がそびえたっているような感覚だった。

その思考の中に、ふいにローズが現れた。

ローズの仏頂面が見たい。

時折向けてくれるほほ笑みを感じたい。

あのまっすぐな心に触れながら、彼女の隣に立っていたい。

結局、考えることの大半が彼女のことであり、それが今の自分を支えてくれていた。

自分が捕らえられている期間はわからない。

けれど、決して短くない時間だというのはわかっていた。固い床に寝かされているせいか、体が痛む。ずいぶん食べていないのか、喉も渇いているし空腹感がひどい。

早くここから出なければ。

そう思うのに、体も頭もうまく動かなかった。

「気分はよさそうですね、殿下」

顔を上げると、そこには一つの人影があった。

顔はぼやけて見えない。だが、ここ最近、いつもやって来る男だというのはわかった。

「ここから出すんだ……。こんなことをしても、いいことなんてない――」

「わかってますよ、殿下。何回も同じ説教はいりません。あと少しなんですから。あと少しで終わります。そうしましたら、殿下をここから解放します。約束しましょう」

「一体……何を考えてる？　私を、何に……」

目の前の男は、鼻で笑ったようだった。

そして次の瞬間、突然アルフォンスは吹き飛んだ。男が、顔面を蹴り上げたからだ。

「うるせぇんだよ！　いい加減、そのうっとうしい顔を俺に向けるんじゃねぇ!!　俺は、ローズの奴を攫いたかったんだ!!　それを邪魔しやがって、忌々しい!!」

顔に激痛が走るも、男の言葉に思わずにやけてしまう。

あぁ、自分はローズを守ることができたんだと、間接的に知ることができたからだ。

アルフォンスが虚ろな視線を床に向けながら笑っているのを見て、男は苛立ったみたいに地団太を踏む。

「笑ってんじゃねぇよ！　どうせ、お前もローズも、すぐに破滅するんだからな!!」

「……はめつ？」

破滅ってなんだ？

彼女は無事じゃないのか？

それとも、彼女に何かするってことか？

自分だけならまだいい。だが、ローズまで破滅というのはどういうことだ。

そんな疑問が出てきた途端、少しだけ視界が晴れる。

同時に、無性に苛立った。

アルフォンスは、あまり自由の利かない体で、声がするほうへ必死に這いずった。

「ローズに手を出すな……」

「は？」

「ローズに手を出すな……もし手を出したら、俺はお前を許さない」

「っ――！」

「お前が誰であろうと、何が起ころうと……生まれてきたことを後悔するまで付きまとってやる。

私の全身全霊をもって、お前を呪ってやる……絶対にだ!!」

ぼやける人影に叫ぶと、その剣幕に怯んだのか、声にならない悲鳴を上げる男。

男に向かってアルフォンスは、ひたすらに近寄っていった。

「絶対にだ……許さない！」

「う、うるさい、うるさい、うるさいぃぃぃ!!」

男は逆上してアルフォンスを踏みつけ、蹴り飛ばす。

しばらく続けると体力が尽きたのか、男は息を切らしながらアルフォンスを見下ろした。

アルフォンスはその場に崩れ落ち動けない。

「俺は、絶対にあの女をぐちゃぐちゃにしてやるんだ！　俺を虚仮にしたローズへ絶対に復讐してやる‼　覚悟してろ‼」

そう言った男が遠ざかっていくのを感じる。

あぁ。自分の存在がローズの足かせになるくらいなら、自分など……

そう考えるくらいに、アルフォンスは消耗していた。

今も、消えかかる意識を保とうとするだけで精一杯だった。

「……ローズ」

想い人の名前を呟く。

自らの信念を貫く強さに憧れた、あの女性の名を。

彼女を思うだけでアルフォンスは生きる気力が湧いてきた。

あきらめてはいけない。

このまま殺されるのは仕方ないが、少しでも彼女のためになろう。

それだけを強く願いながらも、アルフォンスは意識をつなぎとめておけなかった——

現れた別の男に話しかけられた瞬間、視界がブラックアウトしたのだ。

「さぁ……アルフォンス殿下。少し、かかりが弱いようですね。大丈夫です。ちょっとずつ、あなたはあなたを失っていく。あなたは私の雇い主の奴隷のようなもの。彼の言葉だけを聞いて生きていけばいい……さぁ、眠るんだ」

「うぅ……」

うめき声を上げるアルフォンスの横で、男は延々と言葉を紡いでいく。

その言葉には魔力が込められており、言葉を重ねるごとに、アルフォンスの眠りは深くなっていった。

「さぁ、もう少しですね。あとは、仕上げをすれば十分でしょう。もう少しであなたの想い人に会えますよ？　あなたではない、あなたとしてね」

アルフォンスは知らない。

今、自分が何をされているのかも。

アルフォンスは知らない。

陰で何が企てられているかも。

アルフォンスは知らない。

まさに今、王都である騒動が起きていることを。

◆

場所は王都。

貴族たちが住まう貴族街の中でも、より高位の貴族の邸宅が並ぶ区画でのことだ。

すでに夜の帳が下りた街中。少し前から、そこでは怒号が響いていた。

「な、なんだぁ！　貴様らは!!」

ある貴族の屋敷で叫んだのは、門を守る兵だ。

職務に忠実な彼も、今は目の前を通る侵入者に声を上げることしかできない。

門兵は、すでに戦う気力など持ち合わせていなかったのだ。

その理由は、崩れ落ちた門だった。

門を壊したのは一人の女性であり、たった今、彼の目の前をその女性が通り過ぎるところだ。

彼は圧倒的な力の前に心が折れてしまっていた。

目の前を通る女性は、地べたに這いつくばる輩など見向きもせず自分が進む方向を睨みつけている。

「だ、大丈夫ですかね？　こんなことして」

「私……平民ですから、ばれたら処刑ものですよ!?」

「なら、こ、来なくてよかったんですからね！」

「そう言うステファニーさんこそ、手が震えてますよ！」

先頭を切って歩いているのはもちろんローズだ。

その後ろを、ナタリーとステファニーが小さくなりながらついていっている。

二人が言葉を交わしている間も、ローズはずんずんと進んでいってしまう。すでに彼女は、屋敷の扉に手をかけたところだった。

「二人とも。置いてくよ？」

「あ！　待ってください、ローズ様！」

「え？　そんな、ステファニー様こそ置いていかないでくださいよぉ！」

そんな二人の声を背中に受けつつ、ローズは目の前の大きな扉を開いた。

鍵をねじり壊し、扉の一部からめきめきと音を立てながら無理やりに。

中に入ると、当然そこにいた使用人たちが驚いたように目を見開いた。

そして、悲鳴に近い声が広い天井に響く。

メイドたちは逃げ惑い、男たちは目を吊り上げて近寄ってきた。

「何者だ、君たちは！　ここがどこだかわかっているのか！」

「賊か!?　人を集めろ！　戦えないものたちは人を呼び、隠れるんだ！」

すぐに武器を持ったものたちが集まり、ローズたちを通せんぼする。

入り口からすぐの大広間に立ち往生することになった。

が、ローズはそれすらも押しのけようとする。

「困ります！　一体なんの御用でしょうか？　これ以上勝手をすると手を上げなければなりません。見たところ……あなた方はどこかの貴族家の令嬢でしょう!?」

一番の年長者であろう執事がローズの前に立ちふさがった。

当然、彼の両脇には剣の切っ先を向ける警備兵がいる。

「この家の主人はどこ？」

「ご主人様の居場所など言えるわけがないでしょう。用件を言いなさい。私が伝えます」

断固として引かないという態度の執事に一瞬眉をひそめるも、ローズは彼の横を通ろうと進路を変えた。

「なら、いい。自分で捜す」

「だから、中に入れるわけには――うわあああ!!」

彼女は進路を防ごうとした執事と前に出た警備兵の肩を掴むと、そのまま軽く投げる。すると、二人は両側へと気持ちよく飛んでいく。

「アルフォンスを捜してんだ。協力するかしないのか、どっち？」

「ア、アルフォンス殿下ですと!?」

倒れた執事は、何を言っているんだ、とばかりに目を見開いている。

ローズは、彼が何も知らないと悟ったのか、無言で通り抜けた。

「し、侵入者だ!!　急いで警備を呼ぶんだ！」

「屋敷に直接入ってくるなんて何が目的だ!?　急げ！　急げ！」

ローズが執事と警備兵を押しのけた瞬間から、一気にその場の緊迫度が上がっている。

すぐさま、先ほどよりも激しい声が響き渡った。

「ひ、ロ、ローズ様!!　どうしましょう！」

「関係ない。押し通る」

「そんな無茶なぁぁぁぁぁ！！！」

ローズが突き進もうとするのを、ステファニーとナタリーは必死で止めた。だが、ローズは止まらない。二人を引きずりながら奥へと進んでいく。

そうこうしているうちに、三人はあっという間に警備兵たちに囲まれてしまった。

皆が皆、殺気立っており、こちらへ鋭い剣の切っ先を向けていた。

「し、死ねる」

「ステファニー様……私、なんかちょっと染みちゃったかもしれません」

ステファニーとナタリーが二人抱き合ってがたがたと震えている。

一方、ローズは堂々と仁王立ちしていた。

そんな彼女たちを囲んだ男たちは、容赦は無用とばかりに声を荒らげた。

「貴様ら！　グリエット公爵家の屋敷に入ってくるなど、どういうつもりだ!!」

「何を企んでいる！　このようなことをして、許されると思ってるのか！」

野太い声が三人を突き刺していく。

その声に、ローズは淡々と答えた。

「アルフォンスを捜してる。さっさと出して」

「何ぃ？　殿下がここにいるわけがないだろう！」

「馬鹿なことを言ってないでさっさと本当の目的を言え！」

警備兵たちはそう責め立ててるが、ローズの目的はそれだけだ。

ここはグリエット公爵家。ローズたちは、ある事実を掴んでここにやって来た。

警備兵たちと言い争いをしているところに、奥から一人の男が現れた。

背筋の伸びた男だ。やや髪にグレーが交じっており、年齢の高さを窺わせる。

男は、大広間から伸びる階段の上――左右に分かれる左側よりローズたちを見下ろしていた。

「確か……ローズ・シャレットとステファニー・アブリーヌだったか。息子の同級生がなぜここに？」

「誰？」

「言葉遣いで育ちがわかるというものだ……まあいい。私はドラス・グリエットだ。シメオンの父親にあたる。一体なんの用だ？　公爵家の屋敷に押し入るなど、死罪も免れんぞ？」

目の前の男から感じる圧力はすさまじい。

決して、手練れというわけではないのだろう。

だが、ドラスの醸し出す雰囲気には、ローズでさえも気圧された。奥底から湧き出てくるような重厚感は、重ねてきた修羅場や年齢ゆえのものなのだろうか。

「私たちは、攫われたアルフォンスを捜している。あなたの息子――シメオン・グリエットがその犯人だ」

「何？　シメオンが？」

公爵が訝しげに顔を歪めた。

そこで、すかさずナタリーが手帳をとり出し根拠を述べていく。

「グリエット公爵もご存じの通り、アルフォンス殿下は、先日の学園内の事件で行方不明になりました。騎士団は捜索（そうさく）を打ち切りましたが、私たちは色々と調べていたのです」

続けて、ステファニーが言う。

「そこでわかったのは、思考誘導スキルの存在と、マカルタイトの石の改造です」

「思考誘導スキルとマカルタイトの石の改造だと？」

それを聞き、ドラスの顔のしわはさらに深くなる。

「思考誘導スキルの使い手は国で厳重に管理されております。彼らを調べましたが疑わしいところは全くありませんでした」

「それで？　なぜ我がグリエット家を疑う」

「次に調べたのは他国の方々です。隣国のスキル保持者を調べたところ、一人、その消息がわからないものがいたのです」

ステファニーが口を挟む。

「よくよく考えたら、ゲームの事件でも隣国が関わっていたのよね！　すっかり忘れてたわ！」

「またよくわかんないことをこんなところで……こほん。そのスキル保持者の行方を探ると、最後に目撃されたのは王都の酒場。そして、その時一緒にいたのがシメオン・グリエット様だったと調べがついています」

ナタリーは手帳をめくる。

「事件の発端（ほったん）ともなっているマカルタイトの石ですが、あの石もただのマカルタイトの石ではなかったようです」

「何？」

「正確には、マカルタイトの石の魔力を使った別のもの、と言ったほうがいいでしょうか。推測するに、人一人をどこかに移動させる機能があったと思われますが……事件の少し前、著名な魔石研究家がこの王都を訪れていたようです。そして彼もシメオン様と接触している姿が目撃されています。この事実と、思考誘導スキル保持者との関わり。状況を鑑みると、シメオン様に対してなんらかの取り調べは必要だとは思いませんか？」

「むぅ……」

今の話を聞いてドラスは考え込む。

しばらく唸っていたが、彼は淡々と反論を述べた。

「言っていることはわかった。それが真実であれば、確かにシメオンは疑わしいだろう……だがな。その証拠はどこにある？」

「え？」

「な、何言ってるんですか！　ナタリーさんが今、全部言ってたじゃないですか！　それが証拠ですよ！」

「その情報に信憑性があると誰が証明してくれる？　所詮は平民の調べたこと。私が違うといえば、それが真実だ」

「ひ、ひどい」

ステファニーは怒りで顔を真っ赤にしており、ナタリーは愕然とした表情でドラスを見つめていた。

ローズは、ドラスをじっと睨みつけながら腕を組んでいる。

「ねぇ」

「なんだ？　ローズ嬢」

「あんたの言うことはわかった。息子を守ろうとする気持ちもわかる。だけど、私たちもアルフォンスを助けたい……屋敷の中を見ることくらいは許してくれない？」

「そんなことが許されるとでも？」

「許されないなら、押し通る。それだけだ」

「押し通る？　だと……。ははっ、面白い冗談だ」

「冗談じゃないんだけど」

そう言うと、ローズは手を打ち合わせた。

甲高い金属音が鳴る。メリケンサックは、彼女の怒りを体現するように、無骨な輝きを放っていた。

「『怪力』か。そのスキルは確かに有用だろうが、うちの警備たちに勝てると思ってるのか？　この人数差で」

こうして話している間にも、さらに警備の面々がローズたちの周りに集まってきていた。

その数はおよそ三十人ほど。

十分の一でしかないローズたちに勝てる道理はない。

「それでも私は……守るって決めたら絶対に守ってみせる。アルフォンスは、ダチだ。何があっても助ける」

「素晴らしい心がけだな。君が男だったら、騎士として雇ってやってもよかったが――やれ」

ドラスは踵を返すと、さっさとその場から立ち去ろうとする。

警備兵は一斉に三人に詰め寄った。

「このっ――」

そして、ローズが彼らに立ち向かっていこうとした、その瞬間――

「待て!! 今すぐやめるんだ！」

部屋に響いた声に視線を向けると、そこにはいなくなっていたはずのアルフォンスが立っていた。

彼が現れた場所は、ドラスがいたのとは逆側の階段だ。ローズたちは自分の目を疑ったが、確かにアルフォンスがそこにいた。

「アルフォンス殿下⁉」

「アルフォンス殿下じゃないか⁉」

周囲にいる警備兵たちが口々にアルフォンスの名前を叫んでいる。

が、ローズたちは訝しげな表情を浮かべて、黙り込んだままだ。

アルフォンスは、さわやかな笑みを浮かべながらローズたちのもとへ近づいてくる。その笑顔は不思議なほどにいつも通りだ。

その後ろからは、シメオンがついてくる。

彼も同じように、笑みを湛えていた。

「間に合ってよかった！　君たち、早く剣をしまうんだ！　ご令嬢に失礼だと思わないのか！」

警備兵を糾弾しつつ、アルフォンスは集団の中に分け入ってくる。

ローズたちと警備兵との間に立ち、庇うように両手を広げると、彼はもう一度叫んだ。

「グリエット公爵！　彼女たちの引き起こしたことは確かに冗談では済まないことだろう……だが、人的な被害のないこの状況。なんとか、私の顔に免じて矛を収めていただけないか？」

突然現れたアルフォンスに、さすがのドラスも驚きを隠せない様子だ。

「アルフォンス殿下……なぜここに？」

「シメオンと色々と話していたのだ……して、返答はいかに」

互いに視線を交わし合うアルフォンスとドラス。

先に折れたのはドラスだった。

「わかりました、殿下。子供のやったことですからな。殿下の顔を立てましょう……今回は、ですが」

「ありがたく思う」

「いえ……シメオン。あとで少し話がある。いいな？」

「は、父上。必ずや、すべてをお話ししましょう」

アルフォンスの要求を呑んだドラスは、渋い表情を浮かべながらその場を去った。

警備兵も瞬く間に持ち場に戻り、その場にはローズたち三人とアルフォンス、そしてシメオンだけになる。

奇妙な取り合わせに違和感を覚えつつも、ローズたちは無事な様子のアルフォンスに声をかけた。

「アルフォンス殿下！　ご無事だったのですね」

「ああ、ステファニー嬢。ご覧の通り、元気だよ。一か月以上も心配をかけてすまなかったね」

「あの……それで、どうしてシメオン様と……？　何か、ご相談をされていたとのことですが」

ナタリーが問いかけると、シメオンが口を挟んだ。

「失礼。あなたははじめましてですね。シメオン・グリエットと申します。以後、お見知りおきを」

「あ、ええ。こちらこそよろしくお願いします」

ナタリーに丁寧に挨拶をしたシメオンは、次はステファニーに向き直る。

「突然で申し訳ないのだが……ステファニー嬢。あの時の夜会での失礼な振る舞い。大変申し訳なかった。この通り。誠心誠意、謝罪を」

「え？　シメオン様が謝ってる？　え？」

頭を下げたシメオンに、ステファニーは困惑気味だ。「原作では最後まで嫌な奴だったのに」などと呟いている。

そして、シメオンは最後にローズへ近づいていった。

今回の事件の発端と考えていたローズへの恨み。当然それはまだくすぶっていると思っていたのだが――

「ローズ嬢。こちらも夜会以来だが……あの時はありがとう。君のお陰で私は正気をとり戻すことができたんだ。いくら礼を言っても言い尽くせない。本当にありがとう。ローズ嬢」

「は？　何言ってるの？」

剣呑な雰囲気を醸し出したローズだが、そこに口を挟むのはアルフォンスだ。

「ローズ嬢。彼の言っていることは間違いではないよ。実は、彼と話していたことはこの件なんだ。シメオンはあの時のことを後悔し、どうすれば君たちに謝罪ができるのか、それをずっと考えていたんだよ。まあ、こうして突然出会って謝罪という流れになってしまったから、色々考えていたシナリオは無駄になってしまったけどね。まあ、こんなまわりくどいことをする男なんだ。私を連れていく時も、あんな大げさな真似までして。本当に不器用な奴だよ」

「それは言わない約束だろ」

そう言って笑い合うシメオンとアルフォンス。

ローズは違和感しか覚えない。

そんなローズのことは目に入っていないとばかりに、アルフォンスはシメオンの背中を叩き、シメオンはそれを受けて前に躍り出た。

「ローズ嬢。確かに私は、あの後、君を恨んだりもした。しかし、気付いたんだ。自分の思い通りにしてきた私だが、それだけではダメなのだと。アルフォンス殿下に言われたよ……。相手を思いやることができなければ国も思いやれない。今の君には、自分が王になった時に国の要職を任せられない、とね。確かに国を作るのは人。その人に対して思いやりを持てなければ、結局は何も見えないことに気付いたんだよ。だから……ローズ嬢。こうして立ち直るきっかけを作ってくれたあなたに……ありがとうと言わせてほしい」

シメオンが右手を差し出す。

ローズが訝しげな表情を浮かべながら、おずおずと右手を差し出すと、シメオンはその手をひったくるみたいに掴み力強く握りしめた。

「ありがとう！　これで、心おきなく日々を過ごすことができる」

そう言って笑ったシメオンと、アルフォンスは肩を組んでいる。

その光景を見て、ローズをはじめとした三人は困惑気味だ。

「ど、どうしたんでしょう。アルフォンス殿下は。あんなキャラでしたっけ？」

「いいえ……どちらかというとシメオン様のことは遠ざけていたような……」

「あいつ……誰だ？」

そんな言葉を交わしていた三人に、妙なさわやかアルフォンスとシメオンが顔を向けてくる。

「そういえば、アルフォンス殿下……あれを見てもらうのはどうだろう？」

「ああ、それはいい。ローズ嬢、ステファニー嬢、ナタリー嬢。実は、シメオンと相談してとてもいいものを作ったんだ。ぜひ見てほしいのだけど、時間はあるかな？」

「見てほしいもの？」

「ああ！　きっと、ローズ嬢たちも気に入るだろうから。今からどうかな？」

そう言って、三人の様子を窺う二人。

その様子に不気味さを感じたローズは、アルフォンスの前に立ち口を開いた。

「あなた……誰？」

「ん？　何を言ってるのかな、ローズ嬢は」

「あなたは誰だって言ってるの。外見はアルフォンスだけど、中身はまるで違う……気持ち悪いにもほどがある」

「何言ってるんだい？　私はアルフォンスだよ！　君の友人の、アルフォンスさ！」

アルフォンスは笑顔で両手を広げる。

ローズはそんな彼の胸倉を掴むと、怒りを露わにして睨みつけた。

「すっとぼけないで……。一か月だよ？　一か月。そこまで長い間、行方不明扱いになってどんなことになってるかわからないあなたじゃないでしょ？」

「ロ、ローズ様！　ダメですよ！」

「ステファニー、黙ってて……。今からいいものを見に行くって？　アルフォンスは絶対にそんなこと言わない。人に心配かけたことがわかっていて、自分のやったことを自慢するような奴じゃない。自分のことよりも人のことを大事にするのがアルフォンスよ。だから、そんなことは言わない」

そう言って、ローズはさらに手に力をこめる。

「もう一度聞くよ？　あなたは誰？　答えないなら、その顔面、思いっきりぶん殴ってやる」

ぎり、とメリケンサックが軋んだ。

その音に反応してか、アルフォンスのこめかみが収縮した。

場に、張り詰めた空気が充満する。

だが、それも長くは続かない。その空気を壊したのは、意外にもシメオンだった。

「くくっ、ははっ」

急に笑い出したシメオンに、ローズが刺々しく問いかける。

「何がおかしい？」

「びっくりしたよ！　まさか、そんなことを言われるなんて！　ローズ嬢……やはり君は只者じゃない。思った通り——」

——危険な存在だよ。

シメオンはそう言うと、胸元から一つの石をとり出した。それを見てナタリーが叫ぶ。

「あ！　この前と同じマカルタイトの石!!」

三人の視線の先で、石は以前と同様に輝く。

「これで終わりだよ。君たちに最高のプレゼントを用意しておいたんだからね！　それこそ、どうやってあそこにおびき出そうか必死で考えてたのに、本当に無意味になったようだねぇ!!」

「ダメ——」

シメオンの一番近くにいたステファニーが、石の発動を止めようと飛びかかった。

もしかしたら、大爆発を起こしかねない危険物に、躊躇なく。

「ステファニー!!」

慌ててローズが叫ぶも、時すでに遅し。

ステファニーがシメオンに触れる前に、石は白い光を放った。

その瞬間、立っているのか座っているのかわからなくなるような気持ち悪さが彼女たちを襲う。

数秒後。

彼女たちの目の前には、見たこともない荒野が広がっていた。

「さぁ……いいもののお披露目(ひろめ)だよ」

シメオンは、ステファニーをナタリー共々突き飛ばす。

アルフォンスも、驚きで力が抜けていたローズを蹴り飛ばすと、その拘束(こうそく)を抜け出た。

三人は、そのまま後ろへ倒れ込んでしまう。

そして――

背後に広がっていた崖から、落ちていってしまったのだった。

◆

全身の痛みでローズは意識をとり戻した。

目を開けると空が広がっており、ここが外だということがわかる。

自分の体を確認したところ、着ていたドレスは破れに破れ、その奥には傷が見えた。手足を動かすと痛みが走る。

もう一度空を見上げると、崖がそびえ立っていた。

かなりの高さから落ちたんだな、と思わず顔をしかめる。

ローズは、全身の痛みに苦しみながらなんとか起き上がり、ステファニーとナタリーを捜す。すると、二人とも近くに倒れていた。

「大丈夫？　ねぇ！」

慌ててステファニーを抱き起こすと、彼女はすぐに気が付く。

「あ、いったー……。あぁ、あそこから落ちたんですね」

「怪我は？」

「えっと……どうなんでしょう？　動かないとわからないですが。ローズ様こそお怪我はどうですか？」

いつも通りの表情で崖の上を見たステファニーは、ひょうひょうとした様子でそう答えた。

ほっと安心して、思わずローズはほほ笑んだ。

「私は大丈夫」

「ならよかったです。私は、いっ――。右足をやられたようですね。ちょっと、立つのは難しいかと」

「そう……」

「まあ、大丈夫ですよ。それより、ナタリーさんは？」

振り向くと、そこではまだナタリーが倒れたままになっていた。

ローズはステファニーをそっと地面に寝かせ、ナタリーの肩を揺さぶる。

「おい、ナタリー。大丈夫か？」

だが、返答はない。ローズは慌てて彼女の頬を軽く叩く。

「おい！　おいっ！　ナタリー！」

「ローズ様、ダメです！　もし頭を打ってたら！」

ステファニーの言葉にローズはすぐに動きを止める。

落ち着いて確認したところ、ナタリーはゆっくり息をしていた。しかし、意識は戻らない。

「早く医者に見せよう」

「はい！　しかし、ここからどうやって出ましょうか……」

周囲を窺うと、ここは狭い盆地のようになっていて、周囲が崖に囲われていた。崖の高さは、少なくとも自分の身長の数倍はあるだろう。

大きな落とし穴に落とされた自分たちの状況に、ローズは歯噛みをする。

ナタリーを背負って脱出するのは簡単じゃない。

「ははっ!!　いいざまだなぁ！」

崖の上から声がする。

見ると、シメオンが歪んだ笑みを浮かべながらローズたちを見下ろしていた。

その表情は先ほどとは打って変わってひどく醜悪だ。

「結局騙されなかったようだが、いい気味だ！　このマカルタイトの石を利用した転移魔石と思考誘導さえあれば、この国だって牛耳ることが可能さ！　ははっ！」

「シメオン……まさか、アルフォンスにも」

「ああ！　マカルタイトの石で思考誘導スキルの力を増幅させ、一か月！　それでようやくこいつの正気を奪うことができたのさ!!　長かったぜぇ……もう、こいつは俺の言いなりだ。だから、ほら」

シメオンがそう言ってナイフを渡すと、アルフォンスは笑顔のまま自らの喉元にナイフを突きつける。

「お前らが逃げようとしたり、抵抗したりすれば、すぐに自分を刺すように命令してある!!　さぁ、どうだ！　これでお前らは何もできやしまい！」

「な――なんてことをするんですか！　どうしてこんな！」

ステファニーが非難の声を上げると、シメオンは体の奥底から吐き出すように叫んだ。

「どうしてだぁ!?　そんなの決まってんだろうが！　お前が俺を拒絶したからだ！　たかだか男爵令嬢が俺の言いなりにならねぇ時点でおかしいんだよ！　しかも、そのローズとかいう馬鹿女は俺を殴りやがった！　そんなの許しておけるかぁ？　無理に決まってんだろ……だから、全部壊してやるよ」

シメオンが片手を上げた直後、ローズたちの周囲の地面から十数人の人間が生えてくる。

その人々は、体のいたるところが異様に膨れていたり欠損していたりする、前世でいうゾンビに似た見た目をしていた。

「なっ――!!」

「驚いたろう？　そいつらは、俺が作った強化人間さ！　あのマカルタイトの石はスキルや魔石の力を増幅させる力があるんだとよ。さっきの石だって、空間転移の魔石を融合させてどんなもんでも転移させることができるようになった……マカルタイトの石を人に埋め込んで強化させたらそんな姿になっちまったが、普通の人間の十倍は力があるみてぇだ――これでお前らを壊せるんなら成功さ」

「なんてひどいことを!!　何を考えてるんですか!!」

「何を？　お前らを壊すことだけ考えてやってきたんだよ！　思考誘導スキルを持ってる奴を勧誘するのにいくらかかったと思ってる？　魔石の加工に必要な人材や材料だって、集めるのが大変だったんだ……。でも、これですべてが成就する。お前らもここで終わりだよ」

自分たちを取り囲んでいる強化人間を見たステファニーが、いち早く何かに気付き、手で口を覆う。

「え……あの人ってもしかして――」

彼女は震え、そして顔を青ざめさせる。その様子を不思議に思ったローズは、ステファニーの視線の先を見つめた。

すると、そこには確かに見覚えのある人物がいる。

それは、かつてナタリーの体を求めていた教師であるジアンだった。

「……ジアン先生？」

ステファニーが呟くと、シメオンはどこか嬉しげに声を上げる。

「気付いたか？　お前たちに執着してるのは俺だけじゃなかったからなぁ……。協力してもらったんだよ。まぁ、結局ちょっと強いだけの強化人間ができただけで失敗作だったけどな!!　はは！」

ローズとステファニーは、面影の残るジアンを見て表情を歪めた。

「最低」

「ひどいです、ひどすぎます！」

「ひどい？　お前らだってこいつを学校から排除したじゃないか。やってることは何も変わらない。まあ、お喋りもそろそろ飽きたな……そろそろお前ら――死ねよ!!」

シメオンが叫ぶと、ローズたちをとり囲んでいた強化人間たちがじりじりと迫ってくる。

「ロ、ローズ様ぁ！　どうしたらいいんですか!?　戦ったらアルフォンス殿下が死んじゃうし、このまま襲われたら私たちだって――」

「わかってる!!　けど――」

ローズは頭が回るほうではない。

とにかく直感で突き進むタイプだ。

アルフォンスもステファニーもナタリーも守りたいローズは、とにかく二人の盾になるくらいしか思いつかなかった。

ローズは、すぐに二人を抱きかかえ、強化人間に背を向ける。

「ローズ様⁉」

「心配しないで。あいつらがあきらめるまで耐え切ってみせる」

「そんなの！　そんなの無理ですよ！　ローズ様が先に――」

「いいから安心してて。絶対に、私がみんなを連れ帰る！」

「ローズ様っ‼」

ステファニーは、その言葉を聞いて涙を流している。

ローズは力強く二人を抱きしめた。

近づいてくる強化人間。

まさに、絶体絶命だ。

ローズは思う。もしかしたら、守り切れないかもしれないと。

しかし、希望は捨てていない。それは、アルフォンスが正気を取り戻してくれるかもしれないという希望だ。

もし、自分が力尽き倒れたとしても、その姿を見て彼が正気に戻ってくれればいい。

――それくらい、やってくれるよね？

そんな根拠のないことを、ローズは信じていた。

自分を何度も助けてくれたアルフォンスを、ローズは心から信じていたのだ。

今、それだけが彼女の心を支えていた。

「私の死にざまを見ても正気をとり戻さないようなら、容赦しないから」

そう呟き目をつぶる。

「があああぁぁぁぁぁぁ」

「ぐるるるああぁぁぁぁ」

もう背後に強化人間たちが迫っている。強化人間となったジアンも、両手に氷の杭(くい)を生み出しこちらに向けていた。

死は、目前だった。

――その時だ。

崖の上のほうが何やら騒がしい。

そちらへ視線を向けると、巨大な炎が浮かんでいた。

「ローズ様!!」

そこには、アリアンヌが立っている。

「アリアンヌ？」

「アルフォンス殿下はお任せくださいませ!!　決して手出しはさせません!!　ローズ様は、心おきなくやっておしまいなさい！」

「な、なぜお前が！　ローズの奴とは犬猿の仲だったはずじゃ――」

アリアンヌは髪の毛をかき上げ、茫然と呟いたシメオンを睨(にら)みつけた。

「唯一私を信じてくれた人たちですよ？　私は――大事な大事な友達を見捨てるような人間に成り下がったつもりはないですわ!!」

アリアンヌはそう言うと、両手に炎を生み出してシメオンへと近づいていった。

◆

崖の上。

そこでは、いまだアルフォンスがナイフを自分の喉元に突き付けており、シメオンもその隣に立っている。

先ほどまでと違うのは、そこにアリアンヌも立っていることだった。

アリアンヌは美しいドレスを翻しながら、表情を歪めたシメオンと対峙していた。

「くっ……。アリアンヌ。お前には関係ないだろう!?　どうして邪魔をする」

動揺した様子でシメオンが口走ると、アリアンヌは涼しい笑みを浮かべた。

「さっきも言ったではありませんか？　友達のためですわ。それに……同じ公爵家として、非道な行いは捨て置けませんの。お覚悟を」

「くっ。余計な真似を……それに、なぜお前がここにいる？　転移魔石でここまでやって来たというのに、一体――」

シメオンの疑問に、アリアンヌは思わず歯を食いしばった。

というのも、彼女はローズたちが自分のもとを訪れた時から、どうにかしてローズの力になれないか画策していたのだ。

そして、ローズ達の動向を見守り、ピンチになったら颯爽と助けるために、姿を消せる魔道具を金にものを言わせて購入した。彼女たちの姿が消えた後は、お抱えの探索系スキルを持っている使用人を頼って大きな魔力反応を探ってここまで来たのだ。そのことを知られたくなかったアリアンヌは、シメオンの問いをスルーする。

「関係ありませんわ。すぐに殿下はお助けいたします」

「そ、そんなことを言っていると、アルフォンスは――」

シメオンがアルフォンスに視線を向けた瞬間、アリアンヌは右手を前に出した。

すると、小さな火がアルフォンスのすぐ近くに灯り、彼の持つナイフを溶かす。

「なっ――」

「これで終わりではありませんわよ!!」

そう宣言し、今度は両手を空に向けて上げ、勢いをつけて振り下ろした。

「唸れ、炎よ」

アリアンヌが力をこめると、アルフォンスをとり囲んで円柱状に炎が噴き出た。

熱が容赦なく襲いかかるこの状況。

こんな事態になっても、アルフォンスは表情を変えずに立ち尽くしている。

それを見て、アリアンヌは唇を噛みしめ眉をひそめた。

「申し訳ありません、アルフォンス様。少し熱いですが、眠っていてくださいませ」

「一体何を！　まさか、アルフォンスを殺すのか!?」

見当違いのことをわめいているシメオンを放っておいて、アリアンヌは自分のスキルに集中する。しばらくすると、アルフォンスはその場に崩れ落ちた。服が焦(こ)げ、やや火傷(やけど)を負っているのはしょうがないだろう。

予想通りの結果を確認したアリアンヌはすぐさま炎を消し去り、小さく息を吐いた。

「一体何が……」

シメオンは茫然とその光景を見ている。

アリアンヌは息を切らしながら額(ひたい)の汗を拭(ぬぐ)う。

「火炎魔法の使い手の中では広く知られている話があるのです。なんでも、練習しすぎると倒れてしまうとか……。最初は力の使いすぎのせいだと言われていたのですが、それはどうにも違うようで。倒れたものの共通点は、密室にいたか、規模の大きい炎に囲まれていたか、そのどちらか。理由はわかりませんが……御覧の通り、術者じゃなくとも効果はあったようですね」

この世界では、酸素というものの存在は確認されていない。

だが、アリアンヌは自分のスキル『獄炎魔法』を高める努力を怠(おこた)っていなかった。

だからこそ、眉唾かもしれない話の特徴に気付き、そしてたどり着いたのだ。

酸欠という名の現象に。

もちろん、すぐに炎を消し去ったし、呼吸が止まっているわけではないので、アルフォンスの命に別状はない。

アリアンヌは再び炎を掌(てのひら)に携(たずさ)えた。そして、強い眼差(まなざ)しでシメオンを貫(つらぬ)く。

「これで、心おきなくあなたをぶちのめせますわ」

「くっ――」

そこでようやくシメオンが剣を抜く。

彼は公爵家の跡取りといっても、アリアンヌほど武芸に秀(ひい)でているわけではない。

彼女は、簡単に事が済むと考えていた。

「お覚悟を」

恐怖におののくかと思ったシメオンだったが、彼はなぜか不気味な笑みを浮かべる。

「ふっ、ふはは！」

「何がおかしいのですか？」

「いや、そうやって勝利を疑っていないことがおかしくてなぁ！　いつまでも、お前の知ってる俺じゃないってことさ」

シメオンはそう言うと、胸元から再びマカルタイトの石をとり出した。

それを、彼は呑み込んでいく。

「こうすれば俺も強くなれる。あいつが言うにはこの石は強化人間のように正気を失わないよう加工してあるらしいからな。お前らはおしまいだよ」

無機質な叫び声を上げながら、シメオンの体はみるみる大きくなっていくのだった。

◆

ローズは、アルフォンスを気にせず前を向いていた。

なぜなら、アリアンヌがアルフォンスのことは任せろと言ってくれたから。

自分が認めた相手である彼女がああ言ったのだ。ならば、任せても問題ない。

しかし、周囲を見回してみても、出口はなく這い上がることはできそうになかった。

当然、目の前には強化人間達が迫っていたし、ナタリーの意識はなく、ステファニーは足を怪我している。絶体絶命のピンチだ。

だが、痛む体に鞭打ち、彼女は立った。

ステファニーとナタリーを守ると決意して。

「これで心おきなくやれる……覚悟しろよ？　あなたたちには同情するけど」

ローズはジアンを一瞥してそう呟くと、地面を蹴った。

その姿は瞬時に消え去り、目の前に迫っていた強化人間が吹き飛んだ。

「絶対にこいつらには近寄らせない！」

その攻撃は技術などなく、ただただ力押しだ。無造作に振るわれた拳、乱暴に繰り出された蹴りが彼女の攻撃方法だ。

メリケンサックを顔面にめり込ませ、麗しい足で首元を刈り取っていく。

ジアンの氷の杭も壊し、彼を地面へと沈めた。

「す、すごい……」

後ろではステファニーがぼんやりと周囲を見ている。

圧倒的な暴力に、ただただ感心しているようだった。

ステファニーは地面に座り込みながら、強化人間たちを片づけて息を整えているローズに声をかける。

「本当は人を呼んで助けてもらうのがいいんでしょうが……。ナタリー様は大丈夫でしょうか」

「とりあえず、私が崖を上って誰か呼んでくる。ここがどこかわからないけど、アリアンヌがいるなら王都からそう遠くないんじゃないかな」

二人でそうこう言いながら崖の上を見上げた。

すると、崖の上で炎が飛び交ったと思うと、アリアンヌの悲鳴が聞こえてくる。

「きゃあああぁぁぁぁぁぁ!!」

「アリアンヌの声か!?」

「何かあったんでしょうか!?」

上で何かが起こっているらしい。

ローズは焦る気持ちを抑え、崖の上にどうやって上がろうか考えた。

そんな時、ふいに背中がざわめく。

慌てて振り向いたところ、先ほど倒したはずの強化人間たちが音もなく忍び寄っていたのだ。

「うそっ!!」

「えっ——きゃあっ!!」

ローズが慌てて強化人間を殴りつけると、ようやくステファニーも背後に気付いた。

彼女は足の痛みを堪えながら立ち上がり、剣を抜く。

「どうして!?　ローズ様が倒したはずなのに！」

「多分……全部が強化されてるんだ。体の耐久性も、何もかも」

「厄介ですね……アリアンヌ様も気になりますし」

ステファニーの顔は青ざめている。足が痛むのだろう。

ナタリーはいまだに目を覚まさない。

ローズは、自分の両手を何度か握りしめ、普段よりも力が入りづらいことに気付く。

何十発も拳を振るったことによる痺れか。

何にせよ、これでは万全には戦えない。ローズは思わず舌打ちをした。

「やばいかも」

そう呟いた彼女の上空では、今もアリアンヌの魔法と思われる爆音が鳴り響いていた。

崖の上にはシメオンがいて、崖の下には強化人間が迫っている。

板挟みのこの状況をどう打破するべきか。ローズは答えを見つけられていない。

彼女はじりじりと寄ってくる強化人間を睨みながら、ステファニーに話しかけた。

「打開策はある？」

「んー、ひと思いに殺す、とか」

「元は人間だよ？」

「そうですね。なら足の腱を切って身動きとれなくする、とかはどうです？　ローズ様」

「あなたね……」

あまりの残虐さに、ローズは引いていた。

おそらく、目の前にいる彼らもシメオンに巻き込まれた被害者なのだろう。元の姿に戻れるかはわからないが、あまりむごい真似はしたくなかった。

そう思うと、シメオンへの怒りが徐々に膨れ上がっていく。

「……ローズ様。私に考えがあります」

八方ふさがりに見えた状況の中、ふいに後ろから声がかけられる。

振り向くと、先ほどまで意識がなかったナタリーが体を起こしていた。

「ナタリー？」

「ナタリーさん！」

ローズもステファニーも安堵の笑みを浮かべる。

が、今は絶体絶命のピンチだ。

ローズは表情を引きしめ言葉を返した。

「今の状況は把握できてる？」

「途中から周囲の声が聞こえていましたので。大丈夫です。私とステファニー様でなんとかなると思います」

ナタリーはそう言うと、ふらつきながら立ち上がった。

「だから行ってください。アリアンヌ様を助けてあげてください」

彼女は真剣な目でローズを見る。

ローズはその視線を受け、まっすぐ彼女を見つめ返した。

「本当に大丈夫なの？」

「それはわかりません。ちゃんと診てもらったわけじゃありませんから」

「なら——」

「ローズ様は私たちを信じてくださらないのですか？」

その言葉に、ローズは思わず息を呑んだ。

普段、穏やかなナタリーの断固たる態度に気圧されたのだ。

彼女の気迫を目の当たりにしたローズは、前世のことを思い出していた。


ローズはかつて——明美だった際に、絶体絶命のピンチに陥った経験がある。

それはレディース同士の抗争で、三つのチームを同時に相手にした時だ。

だが、最終的に彼女は勝ったのだ。

圧倒的な人数の暴力に彼女が勝った理由は簡単なものだ。

あきらめなかったこと。そして仲間を信じたこと。

背中を預ける仲間がいたから、彼女は戦えた。

だからこそ――

彼女には曲げられないことがあるのだ。

それは、仲間を見捨てないこと。仲間を信頼すること。

この場を任せることは、ステファニーやナタリーを見捨てることになってしまうかもしれない。

けれど、二人を信頼してこの場を任せれば、アリアンヌを見捨てずに済む。

どちらをとればいいのか悩んだローズは、ステファニーへ視線を向けた。

「……ステファニーも、足が痛むんだろ？」

「まあ痛いですけど……ナタリーさんができるっていうなら信じますよ？　だって仲間ですから」

迷いない彼女の言葉を受け、ローズは目をつぶった。

そして、再びその目を開いた時には、いつもの凛とした眼差しに戻り、二人を見据えて力強い声をかける。

「私はアリアンヌを助けてくる。だから、二人とも――」

――死なないで。

ローズはそう言うと、人間とは思えない跳躍力で崖を駆け上っていった。

◆

一瞬でいなくなったローズ。

ステファニーとナタリーの二人は、ローズを見送る間もなく、強化人間たちと向かい合うことになった。

ローズが崖を上っていく音が消えると、ステファニーは急に不安げな表情を浮かべてナタリーへ話しかける。

「ねぇ、ナタリーさん。本当に策はあるの⁉　私、結構足痛いんだけど」

「えっと……あるにはあるんですが、成功する確率はあまり高くないような」

「それってダメじゃない⁉　やばくない‼」

そう言って、互いに涙目になるステファニーとナタリーだが、いつまでも嘆いてはいられない。

ローズに大丈夫だと言ったのだ。簡単にあきらめてなるものか。

奥歯を噛みしめると、二人は改めて強化人間たちと向き合った。

「一応私も護身用の魔道具くらいは持っています！　知能は劣るようですから、なんとかそれで強化人間を一か所に集めてみましょう‼　そしたら――」

ナタリーはステファニーに作戦を告げて走り出す。

彼女は戦う力を持たない。

けれど、ここで引くわけにはいかなかった。

ローズの役に立つために、傍に居続けるために。

「こっちです！」

その声に強化人間たちの意識がナタリーへと向く。

そして、一番近かった強化人間が飛びかかってきた。

「きゃぁ!!」

その迫力に思わず悲鳴を上げてしまったが、彼女の目の前に不可視の壁が現れる。

「があぁぁぁぁ！」

強化人間はその壁にぶつかり、跳ね返されていった。

「よし！」

今使ったのは、任意のタイミングで不可視の壁を出現させる魔道具だ。

そのお陰で、強化人間の攻撃を防ぐことができた。

自分の持っている安物の魔道具でもなんとか跳ね返せるものだなぁ、と暢気なことを考えつつナタリーは再び走り始める。

これがどのくらい保つかはわからないが、一応の目途は立った。

ナタリーは、さらに迫る強化人間たちに対して魔道具を使い、時には地形を利用して攻撃をかいくぐる。

それを可能にしているのは、彼女の記憶力だ。

すべてを記憶に留めておける彼女の能力は、風景にも適応される。

つまり、地面の凹凸や砂の多いところ、大きな岩があるところなどを走り回ることで把握し、その地形を活用するのだ。

飛びかかってきた強化人間の着地点を砂の多いところにすれば、彼らはふんばりがきかず滑り、時間が稼げた。

大きな岩を利用して隠れたり、相手の進路を妨げたりすることもできる。

凹凸が多いところを自分だけが避けることで、少しだけ逃げやすくなった。

そんな小さな積み重ねで魔道具を温存させ、自分自身の命を伸ばしていく。

「はっ、はっ、はぁっ」

強化人間を一か所に集めること。

それだけに思考を集中させて彼女はひた走る。

だが、そんな彼女の集中力を乱すものがいた。それは、オナール・ジアンだ。元々の面影が残る彼が視界に入る度に、彼女の背筋には寒いものが走る。

できる限り彼を避けていた彼女だったものの、どうしても相対しなければならない瞬間は訪れる。

他のすべての強化人間を引き連れて走っていた彼女だが、最後にはジアンのもとに全員を連れていく必要があった。

強化人間に追われながらジアンに向かっていくナタリーは、恐怖とトラウマに押しつぶされそうになっていたけれど、それでも足は止めない。

「ジアン……先生」

彼は氷の杭(くい)を作り上げ、そしてナタリーへと放った。

当然、ナタリーは魔道具を発動させるも、薄い壁は容易に砕かれ、そのまま氷の杭(くい)がナタリーへと向かってくる。

「ナタリーさん!!」

ステファニーの悲鳴が響き、ナタリー自身も恐怖から身がすくみ、縮こまってしまう。

だが――

『自分を守れるのは自分しかいないんだから』

かつて言われたローズの言葉が頭に響いた。

ナタリーは目を見開くと、恐怖を払いのけるように力をこめ地面を蹴る。

「私は、あなたなんかに負けない！　自分のことくらい自分で守ってみせるんですから!!」

ナタリーは放たれた氷の杭(くい)をしっかりと見据え、突き進みつつそれを避けた。

わずかに腕に掠(かす)って傷ができ、顔をしかめるが、足だけは決して止めない。

ジアンの目の前まで他のすべての強化人間をおびき出した彼女は、全速力でその場から離脱する。

「ス、ステファニー様!!」

ナタリーは成し遂げた。

走り回り、攻撃をかいくぐり。

彼女は強化人間を一か所に集め、そして、自分は彼らと距離をとることができた。

この状態を作ることで、ようやく作戦準備が整う。

彼女は、この後の鍵となるステファニーへと視線を送った。

◆

ステファニーは、ナタリーが息も絶え絶えになりながら決死の想いで届けてくれたバトンを、泣きそうになりつつも受けとった。

その瞬間、彼女の足の痛みはすっと静まる。

なんとしても、彼女の頑張りを無駄にしちゃいけない。

その決意を形にするべく、ステファニーは大きな声を上げる。

「じゃあ、いくよ!! あんだけ頑張られちゃ、物語の主人公としてはやらなきゃならないでしょ!!」

ステファニーはすかさず走り始めた。

ひねった足をつくと、さすがに痛みが走る。

だが死ぬわけじゃない。自分にそう言い聞かせて涙が出そうになるのを堪える。

この場を潜り抜けることができれば、いくらだって治すことができるのだ。

自分が集中すべきことは、この一撃に懸けること。

光魔法という自分の利点。

それを活かすためにステファニーは剣にすべてを込めていたのだ。

――私だって、何もせずにローズ様の隣にいるわけにはいかない！

ステファニーはゲームの知識を持っていた。

これを駆使するだけで、なんの苦労もなく生きていける。

現に、転生してきた時はそう思っていた。だが、あの時――ローズが助けてくれた時、ようやく思い知ったのだ。

自分は何もわかっていなかったと。

あの時まで、自分の周囲にいる人たちはすべてただのキャラクターとしか感じられなかった。

ゲームのキャラクターであり、自分の思い通りに動く駒。

そんな風に思っていたのだが、ローズは違った。

彼女は意志を持っており、それが眼差しに宿っていた。

初めて血が通った人に触れられた気がした。

それでようやく気付いたのだ。自分が孤独だったということに。

だからこそ、孤独から救ってくれたローズと共にいたいと思っている。

「いっけえええぇぇぇぇぇぇ！」

足を痛めた彼女に求められたのは、ただの一撃。

光魔法をこれでもかと込めた斬撃を、集められた強化人間とナタリーとの間に撃ち落とした。

すると、ぽっかりと大穴ができる。

強化人間たちは、滑り落ちるようにその穴へと落ちていった。ナタリーも一緒に。

「ステファニー様!」

「ナタリーさん!」

同様に、落ちていきそうになっていたナタリーから放たれた縄。

なんでも持っているなぁ、とどうでもいいことを考えながら、ステファニーはその縄を握りしめる。

「くぅっ——!!」

ふんばる足が痛む。

だが、この手を離したら、ナタリーは強化人間たちが落ちた穴にたった一人飛び込むことになってしまう。

なんとしても離してなるものか。

痛みで視界が滲(にじ)み、意識が飛んでいきそうになるのを寸前のところで耐えた。

「えい!!」

可愛らしい声と共に、ナタリーは縄にぶら下がりながら何かを投げ落とした。

それは、強力な眠り薬だ。

狭い空間に押し込められた強化人間たちは、否が応にもその眠り薬を吸い込むことになった。

ほどなくして、彼らのうめき声は聞こえなくなった。

それよりも——

「ナタリーさん!! 早く上(のぼ)ってきて! もう無理」

「へ!? あ! 待ってください! もうちょっとですからぁ!!」

慌てて上がってきたナタリーの姿を見た途端、ステファニーは力が抜けてその場に倒れ込む。

「ステファニー様!」

「へへ……やったわね。ナタリーさん。あなたのお陰よ」

「いいえ……ステファニー様に無理をさせてしまって……」

「いいのよ。それで、あいつらは……」

ステファニーが穴のほうをみると、ナタリーはにこりとほほ笑む。

「エルフ印の眠り薬ですから。あっという間に、ぐーすかしてました!」

「やったわね!!」

それを聞いて、ステファニーは地面に大の字に寝転んだ。

「ステファニー様! 急いで上に行かないと!」

「いいのよ。だって、私はこの足じゃ上がれないし、ナタリー様一人じゃ上に行くことすら難しいじゃない?」

「それはそうですけど……」

「ローズ様はここを任せてくれたのよ? 私たちはそれをやり遂げたんだから。今度は、私たちがローズ様に任せる番じゃない? きっと、全部丸く収めてくれるわよ」

ステファニーの楽観的な考えを聞いたナタリーは、しばらくするとふっと息を吐いて肩の力を抜いた。

そして、ステファニーと同じように寝転がる。

「それもそうですよね。だって、ローズ様ですから」

「そうよ、ローズ様だもん」

二人は笑い合う。

「信じましょう」

「はい」

そう言って二人は、ここからは見えぬローズの活躍を願い、無事を祈るのであった。

◆

ローズが崖を駆け上がっていくと、そこには、アリアンヌとアルフォンスが倒れていた。アリアンヌはアルフォンスの前に立ちふさがり庇うような体勢だ。その向かいには、先ほどとは雰囲気の違うシメオンがいた。体が大きく膨れ上がっていてその目は血走っており、およそ正気とは思えない。

「アリアンヌ!!」

「ローズ……様」

ローズがアリアンヌの名前を呼ぶと、彼女はほっとした表情を浮かべてローズを見上げた。

だが、すぐに化け物に視線を向け、表情を歪める。

「お気を付けくださいっ‼　あれは、シメオン様です！　彼は、マカルタイトの石を体に取り込んだのです！」

叫ぶアリアンヌに駆け寄り、すぐに抱き起こした。

「いっ――」

「痛むのか？」

「だ、大丈夫ですわ。アルフォンス様も、ご無事です」

彼に視線を向けると、倒れてはいるが胸が上下している。

それを見て、ほっとローズは息を吐いた。

「ですが、状況は悪いですわ」

ローズはシメオンを見る。

うっすらと面影が残っているシメオンは、こちらを高みから見下ろしていた。

「はっ、アリアンヌ。お前の魔法はもう俺には効かねぇ。この石をとり込んだらなぁ、肉体機能ばかりじゃなく、マカルタイトの石が持つ魔力のお陰で魔力耐性も上がるのさ！　もちろん、ローズ。お前の怪力だって俺の前じゃ無力だ」

「シメオン様があの姿になった途端、魔法が全然効かなくて！　力も速さも段違いです！」

「大丈夫……アリアンヌはアルフォンスの隣にいて」

「ですが――」

「大丈夫……いいから、待ってて。けり、つけてきてあげるから」

そう言うと、ローズはカーンとメリケンサックを打ち鳴らす。

その様子を見ていたシメオンは、くぐもった声でそれに答えた。

「お前をつぶしてやるからな!!」

「いい度胸だ……来なよ。男なら、こっちで語ればいい」

ローズはシメオンを誘う勢いで手を動かす。

それに苛立ったのか、シメオンは叫びながらローズへと襲いかかった。

「ううううおおおおぉぉぉぉ！」

目の前の巨体が消える。

気付いた時には、ローズの左腕に衝撃が走っていた。

突き飛ばされ、地面に転がっている最中、シメオンが自分を蹴り上げたのだろう。腹部にも痛みが走る。

「はは!!　口ほどにもない!!」

シメオンは、そのまま怒涛（どとう）の勢いでローズに殴りかかった。

数十発を殴りつけたのち、息を切らしたシメオンはローズから一旦距離をとる。

ローズは、全身ボロボロになりつつ立ち上がった。

体はふらつき、傷からは血が滴（したた）っている。

口の中にたまった血を、ローズは乱暴に吐き捨てた。

「もう観念したらどうだ!!　抵抗するお前をぼろぼろにしてやるのもいい気分だがな!!」

「効かない」

「あぁ？」

「効かないって言ったんだ」

「ふっ、あはははは!!」

ローズの言葉に、シメオンは笑い出す。

「そんなふらふらで、血だらけになって何を言ってるんだ？　どう見てもボロボロだろう？」

「うるさい……今度はこっちの番」

ローズはそう宣言すると、静かに歩いていく。

当然、その様子をシメオンが見つめている。

恰好（かっこう）の的（まと）となったローズに、シメオンは拳を振り下ろした。

「今度こそ！　死ねぇ!!」

「ローズ様!!」

アリアンヌの悲鳴が響く。

シメオンの拳がローズに届く。

が、結末は彼が期待した通りにはならなかった。

「がぁ？」

なんと、ローズはシメオンの拳を細腕で受け止めていたのだ。

「な……なんで……動かない!!」

「あなたの拳は軽い……それじゃあ誰も倒れない」

「そ、そんなことはない!!　俺が……俺が最強なんだあぁぁぁ！」

シメオンは逆上して両腕を振り下ろしてくるが、それをすり抜け、ローズはすかさずシメオンの体へ拳を叩きつけた。

「ぐがあぁぁぁぁぁ」

殴られたシメオンは、そのまま後ろへ吹き飛んでいく。

アリアンヌはその光景を見て歓喜の声を上げる。

「やりましたわ、ローズ様!!」

しかし、ローズは吹き飛んだシメオンを見つめているだけだった。

すると、彼がよろめきながら立ち上がる。

そうして、どこかからもう一つ、マカルタイトの石をとり出した。

「こうなったら……こうなったら、もう一つ！　最後の手段って言われてたが、負けられない！

俺は、もう負けられないんだよ!!」

シメオンは絶叫しつつその石を胸元に押し付けた。

途端、石はすさまじい光を放ち、シメオンの体に吸い込まれていく。そして――

「ぐ、ぐぎゃ、ぐがががが、があぁぁぁぁぁぁぁぁぁぁ！！！」

シメオンの体はさらに一回り大きくなり、人の形を崩していく。

まるで肉の塊のようになったシメオンは、言葉とは言えない声と共に両手を振り上げた。

彼の咆哮に、ローズもアリアンヌも、背筋を凍らせる。

「あ、あぁ……」

アリアンヌは、目の前の存在に恐れをなしていた。

マカルタイトを二つもとり込んだのだ。彼の魔力は今や、この国随一の魔法の使い手であるアリアンヌから見ても常軌を逸していた。

人とは違う存在となった彼に、本能が勝てないと叫ぶ。

「ロ、ローズ様……に、逃げ、ないと」

声が震え、手足も自由が利かない。

恐怖に浸かり切ってしまったアリアンヌは動くことすらままならなかった。

彼女は助けを求めるみたいにローズに視線を向ける。

だが、ローズは先ほどと変わらぬ表情でそこにたたずんでいた。

「アリアンヌ。私は逃げない」

「っ――」

その言葉を聞いたアリアンヌは、見捨てられた動物のように瞳を潤ませた。

「でも、あんなの、絶対に敵いませんわっ！　だから、逃げ――」

「きっと、攻撃には耐えられないかもしれない。だけど……私は許せない。あなたを、アルフォンスを、ステファニーやナタリーを傷つけたこいつがぁ!!」

ローズは恐れを振り払うかのごとく声を上げた。

そして、戦いを始めた時と同様に、誘うような指の動きで挑発をする。

「これで最後」

「ぐぎゃあああぁぁぁぁぁぁぁぁ！！！！」

「来い――」

そう言うか言わないかのうちに、シメオンの拳――ローズの頭部と同じくらいの大きさのそれが目の前に迫っていた。

人間の限界を超えた速度。

さすがのローズもそれに反応することができなかった。

瞬時に頭をよぎるのは、死という文字。

視界が拳で埋め尽くされたローズは動くことすらできず、脳だけが運命を悟る。

前世では、近所の子供を守って死んだ。

だが、ローズとしての今は、誰も守れずに死んでいくのか。

このまま死ねば、きっと自分の大切な人たちは殺される。

無力感が膨れ上がり、悔しさが心を締め上げた。

これで終わりなのか。こんな呆気(あっけ)ない終わりなのだろうか。

しかし――

「よかった。間に合った」

背後から声がした。

振り返る間もなく、シメオンの拳がローズに到達する。

……はずだったが、光り輝く壁が、ローズの前に立ちふさがっていた。

それがシメオンの常軌を逸(いっ)した攻撃を受け止めていたのだ。

先ほどの声と目の前の壁。そして、自分の肩に添えている手の温もりからそれが誰であるか、すぐに理解した。

「ぐぅ、ぐぎゃ!!」

自分の攻撃が止められてしまったシメオンはまだ状況が理解できていないのだろう。輝く壁に向かって力を籠め続けていた。

「……気が付いたの？」

「ローズ嬢の命が危ないんだ。いつまでも寝てるわけにはいかないよ」

「アルフォンス、体は――」

「いいから、行くんだ。私の壁もそう長くはもたない」

その言葉で、ローズは状況を思い出す。

未だ壁に向かってもがいているシメオンに詰め寄ると、自身の拳に力を込めた。

自らの力をすべて振り絞るように。

「これは、強化人間にされたあいつらの分」

そう言って、腹を殴る。

あまりの衝撃に、シメオンは動きを止め、うめき声を上げた。

「で、こっからはナタリーとステファニーの分」

続けざまに二発殴ると、シメオンの体は耐え切れず吹き飛んでしまう。

当然、ローズはそれを追いかけた。

土埃(つちぼこり)を上げながら転がるシメオン。彼は、近くの大きな岩にぶつかるとようやくその動きを止める。

倒れているシメオンの顔に上ったローズは、間を置かずに拳を握りしめた。

「次は、アリアンヌとアルフォンスの分だ」

「ぐぼおおおぉぉぉぉ!!」

右、左と打ち抜いた拳は、シメオンの意識を削いでいく。

マカルタイトを二つもとり込んだ彼の体ですら、ローズの『怪力』には耐えられない。

「あ……あ、が……」

「最後は、私の分」

ローズは飛び上がると、右足を振り上げそのままシメオンの顔面めがけて振り下ろした。

重力を上乗せしたローズの踵(かかと)が、シメオンの眉間にめり込む。

シメオンはぐったりとし、動かなくなった。

ローズはそれを見て、大きく息を吐く。

そして振り返ると、そこにはアルフォンスが立っていた。

彼は、穏やかな笑みを浮かべながらローズを見つめている。

「目、覚めんの遅いよ」

「悪かったよ。君たちが頼りになりすぎるから、出てくるタイミングが難しかったのさ」

「何よそれ。体……大丈夫なの？」

「どうだろうね。まだ頭はぼーっとするけどね」

二人は近づき、見つめ合い、ぽつりぽつりと言葉を交わしていく。

憎まれ口を叩き合いつつもほほ笑む二人。

そんな二人のもとに、アリアンヌが駆け寄ってきた。

「ローズ様!!」

心配してくれていたのだろう。彼女の顔は涙で濡れていた。

「お体は大丈夫ですか!?　私、私……こんなことになってしまって、あなたに謝りたいと思っていたのですが……こんな、こんな」

責任を感じているらしきアリアンヌを見て、ローズは小さく笑う。

「可愛いところもあるんだなね……。でもいいよ。私は、あなたに助けられた。私もあなたを助けた。そうなりゃ、もう私たちはダチみたいなもんだ」

「ダチ……ですか？」

「ああ」

ローズはそう言うと、アリアンヌの涙を拭い乱暴に抱きしめる。

「え⁉　ローズ様ぁ‼」

「あなたのお陰で助かったよ……ありがと、アリアンヌ」

「は、ははは、はいぃぃぃ‼」

アリアンヌは顔を真っ赤にして、きゅーと不思議な音を出しながら地面に崩れ落ちてしまう。

あまりの惨事(さんじ)に、ローズはアルフォンスに視線を向けた。

彼は見慣れた苦笑いを浮かべている。

「ローズ嬢は……なんと言ったらいいか、相変わらずだね」

「うるさい。少しは手伝って」

「手伝いたいのはやまやまなんだけどね……。私も全力でスキルを使ったから……ちょっと眠くて――」

そう言って大きくふらついたアルフォンスを、ローズは慌てて片手で抱き留める。

無事に立っているのが自分だけという状況に、ローズは思わず笑い声を上げた。

「勘弁してよ……あぁ、疲れた」

呟いたローズはアルフォンスを地面に寝かせて、髪の毛をかき上げ空を見上げる。

空は、やたらと青かった。

ローズたちが戦っていた場所は王都からほど近い場所であり、アルフォンスが持っていた救難信号を飛ばす魔道具を使って救助を呼ぶことができた。

ローズ達はアルフォンスと共に救助され、シメオンとジアンをはじめとした強化人間達は騎士団へと連行されていく。だが、思考誘導スキルを持った執事服の男とマカルタイトの石を作り出した男はついには見つからなかった。

すぐに治療を受けたローズたちは、数週間で全快するに至った。

その間、アルフォンスも思考誘導スキルの治療を受けていたのだとか。

ローズたちが治療を終えた頃、アルフォンスもようやく正常になりつつあると連絡があったのだ。

ローズたちは、すでに学園に復帰している。

今、彼女たちはいつも通り食堂でご飯を食べているところだった。

「あー、今日も疲れましたよねー。でも、やっぱり剣術って単純で楽しいです」

ステファニーは肉団子を頬張りながらニコニコほほ笑んでいる。

笑顔の理由は楽しかったからなのか、美味(おい)しかったからなのか。けれど、笑っているのはいいことだと、ローズはぼんやり考えていた。

ナタリーがため息を吐きつつ口を挟む。

「ステファニー様は体を動かすのが得意だからですよ。私は苦手ですからきつくてきつくて。本を読むだけの授業があればいいんですけど」

「そんなの退屈すぎて寝ちゃう自信がある。あ、漫画なら読みたいけど」

「漫画ってなんですか？　ステファニー様って時々よくわからない言葉を使いますよね」

「まぁいいじゃない？　気にしない、気にしない！」

ナタリーが食べているのはサンドイッチだ。

やや食が細い彼女は、大概同じメニューを食べている。ステファニーはボリューム重視だ。

「っていうか、ローズ様も剣を持てばいいのに。いい加減、メリケンサックも傷んでるんじゃないですか？」

「うん？　まぁ……そうだね」

話を振られたローズは、ステファニーからもらったメリケンサックをとり出した。

確かに、剣を受け止めたり、色々なものを殴ったりしたせいか、傷だらけで所々へこんでいる。

指を入れる丸い部分が歪んでいて、使いづらさも感じていた。

「でも……私はこれがいい」

「ふーん。何かこだわりでもあるんですか？」

そんな問いかけに、ローズはさも当たり前のように呟いた。

「ステファニーがくれたから」

「なぁ！！？？」

その言葉に、ステファニーは思わず立ち上がる。

その様子を見ていたナタリーは、にまにまと笑みを浮かべた。

「ローズ様って、これがあるからずるいんですよねぇ。普段はぶっきらぼうなのに、どうしてこうやって飴(あめ)を与えるのか。私もステファニー様もどんどんと深みにはまっていく気がします」

「わかる！　ローズ様って綺麗だけどかっこいいし、その辺の男子より全然ありだよね！」

きゃいきゃいと盛り上がる二人を眺めながら、ローズはため息を吐いた。

別に、狙っているわけでもなく、信頼している二人だからこその言葉なのだが、いちいち盛り上がられても困ってしまう。

二人から視線を外したローズに、隣に座っていた人物が話しかけてきた。

アリアンヌである。

「ローズ様も大変ですわね。いつもこの調子では」

「……わかる？」

「ええ。もう少し普通に接してほしいですわよね。私も、食事くらいは静かに食べたいものですわ」

そう。あの事件をきっかけに、アリアンヌはローズと共に行動することが増えていた。

もちろん、いつも一緒というわけではないが、互いに信頼関係が築けてきているのは確かなようだ。

ローズが唯一の理解者を見つけたとばかりに振り向くと、なぜかアリアンヌが彼女の肩に頭をコテンと載せてきた。

「私としましては……ぜひ二人っきりで静かな場所に行きたいですわ。ねぇ、ローズ様」

上目遣い、みずみずしい唇。

男子相手にこれをやれば一発で落とせることが確実な表情のアリアンヌである。

最近、彼女の態度に本気を感じてきたローズは、アリアンヌの体重からそっと逃げ出した。

「あぁ――」

「馬鹿なこと言ってないで、さっさと食べて」

「あら。冷たいんですのね。まぁ、そんなところも素敵なんですが」

すっかりローズ信徒になってしまったアリアンヌは、このやりとりすらも楽しんでいる様子だ。

「それにしても……ローズ様の体が治って本当によかったですわ。あの時のローズ様を見ていた身としては、そんな重症だとは思いもしませんでしたから」

「あ！　そうですよ！　校医に聞きました！　ローズ様の怪我って、本当は全治半年くらいの重傷だったって」

「え⁉　そうなのですか？　ローズ様」

アリアンヌの言葉に、ステファニーとナタリーもぐいぐい詰め寄ってくる。

三人の視線を一斉に浴びたローズは、めんどうだとばかりに肉団子を頬張った。ちなみにステファニーと同じ、日替わり定食だ。

「あら、お二人とも知らなかったのですか？　左腕と左足の骨は折れて、肋骨にも数か所ひびが入っていたらしいですわ。全身の擦過傷も数が多くて大変だったと聞きました」

「嘘！！？？　私の足、捻挫でしたけど、それでも結構大変でしたよ？　なのに……ローズ様」

「不屈の根性……というやつですか」

「全く……あんなに無茶をして、その綺麗な顔に傷がついたらどうするんですか」

「別にいいでしょ……迷惑かけたわけじゃないし」

ぽつりと呟いた言葉に、三人はすかさず反応する。

「何を言ってるんですか！　ローズ様の体にもし障害が残ったりすれば、私たちは悲しいですよ!!」

「そうですよ！　障害どころか、痛い思いをすることにだって心が痛むんだから」

「痛みと一緒で、人の想いにも鈍感なのですか？　心配する人がいるのですから……そんなこと言わないでくださいな」

三者三様に、ローズに想いをぶつける三人。

ローズは、思わぬ口撃に目を丸くした。

「ごめん……心配はかけたよね。そうだった。ごめんね」

三人はその言葉を聞いて嬉しくなったのか、途端にでれんと表情を緩ませる。

「わかってくれたらいいのです」

「そうそう。素直が一番ですよ、ローズ様」

「そうやってすぐに謝ることができるローズ様も素敵ですわね……って、それはそうと……聞きまして？　今日、あの方が――」

アリアンヌが何かを言いかけたその時、食堂がにわかにざわめいた。

ローズたちもその雰囲気に何かを感じたのか、騒ぎの中心に目を向ける。

すると、入り口あたりに人だかりができていた。その中央にいる人物に気付くと、ローズは思わず口を開いてしまう。

「アルフォンス……？」

彼女の視線の先には、アルフォンスが立っていた。

彼は群がる人々をかいくぐりながら、まっすぐローズのもとまでやって来る。

そして、一瞬表情を歪めたかと思うとすぐに笑顔になり、ローズの前に立った。

「なんだか……すごい久しぶりに会ったみたいだ」

「そうですね」

「はは、いいよ、普通に話して。助けてくれた時は素のしゃべり方だったじゃないか」

そういえばそうだったかと、ローズは口ごもる。

ステファニーやナタリー、アリアンヌと話す際のローズはすっかり前世の明美のしゃべり方なのだが、それ以外はできるかぎり貴族としての体裁は整えようとしていたのだ。

まぁ、それでも違和感は拭えないが。

しかし、アルフォンスが相手なら確かにいいのか？　と考えた彼女は、小さく息を吐き、改めて口を開いた。

「そうだね……じゃあ楽にさせてもらおうかな」

「もう、怪我はいいのかい？」

「ああ……あなたこそ、どうなの？　もうナイフを首に突き付けるのを見るのは嫌だな」

皮肉を込めて笑うと、アルフォンスも苦笑いを浮かべる。

「ああ、もうあんなことは起こらないよ。ちゃんと私は私だ」

そう言って見つめ合う二人。

ローズはその視線に耐え切れなくなったのか、つい視線を逸らしてしまう。

「ローズ嬢。今回は君のお陰で助かった。あのままだと、私自身も殺されていただろう。本当に……ありがとう」

「あぁ……最初は私が狙われていたらしいし。ついでだよ、ついで」

「それでもだ。本当にありがとう」

アルフォンスはそう結んで、ローズの隣に座った。

そして、今回の事件の詳細を話し始める。

「シメオンはあの時の夜会がきっかけで君に恨みを募らせていた。思考誘導のスキル持ちと魔石加工のスペシャリストは、研究という名目で集めたらしい。グリエット公爵はこの企てに関しては何も知らなかったそうだ」

「へぇ。けど、おとがめなしとはいかないんでしょ？」

「そうだね。とりあえず、シメオンは国家反逆罪で捕まった。まぁ、人の形をしていないからどうなるかわからないけど……マカルタイトの石で強化された人たちも……残念ながら元に戻せなかったらしい。グリエット公爵は要職を外され、今後の処分は検討中だそうだよ」

「そう」

ローズは強化された人間たちの身元について、ジアン以外は知らない。

だが、確実に罪のない人たちが犠牲になったのだ。そのことに胸を痛める。

「でも、思考誘導のスキル持ちと魔石加工のスペシャリストは捕まっていない……」

「それは、第一優先で騎士団が捜すって言っている。そこは任せるしかない。まあ、少ししこりは残ったけど、一応は解決という形になった。……全部、君のお陰だよ」

「やめてよ……そんな大層なものじゃない」

それきり二人は黙り込む。

話すべきこと、話したいことはたくさんあるのに、言葉が出ない。

ローズの言葉が出てこないのは、驚きからだった。

アルフォンスの顔を見た瞬間、心が躍ったのだ。

思わず涙ぐむほどに嬉しかった。

それくらい、自分にとってアルフォンスという存在は大きくなっていたようだ。

彼を目の前にすると心臓が跳ね、普段通りの自分ではいられない……そんな事実に気付いたのだ。

「ローズ嬢……」

彼の言葉が耳に届き、どこかくすぐったい。柔らかな声が、そっと心を撫でるかのようだった。

「何よ」

「私は、君に助けられてばかりだ……」

「そんなことない。アリアンヌとの決闘の時もシメオンの野郎との最後も、助けてくれたじゃない」

「まあ、そうだが……私は攻撃を防いだだけだよ」

「それでも」

ローズは、恥ずかしい気持ちを抑えてアルフォンスに視線を向ける。

「あなたは私を助けたんだよ。あの時、私は死んでもアリアンヌを助けたかった。だからあんな無茶したんだけど……あなたが出てきてくれて、嬉しかったんだ」

「ローズ嬢」

「こんな私でも助けてくれる奴がいるってのが、本当に嬉しかった。だから、胸を張って。私を助けた男は、うつむいているような情けない男じゃない……そうでしょ？」

きっと、顔が真っ赤になっているんだろう。

ひどく頬が熱い。

アルフォンスは目を見開いていた。

「君は……そんなことを」

そう言って、彼は突然ローズの手をとる。

「っ——!!」

ローズは驚きで固まってしまう。

何をするんだとアルフォンスを見たところ、そこには目を潤(うる)ませた美しい男がいた。

その瞳に見つめられた瞬間、ローズは抵抗さえできなくなる。

「君は……私の女神のような人だ。その心のまっすぐさも、清廉(せいれん)さがにじみ出る行動も……」

「そ……んなんじゃ……ない」

「いや、そうなんだ。君は、この国の貴族には珍しいほどの心の清らかさを持っている。私は、そんな君が——」

——好きだ。

その言葉を聞いた瞬間、ローズは目の前が真っ白になり、顔も沸騰したみたいに熱くなった。

「な、ななな」

「だから、ローズ嬢。ぜひ私とともに生きてくれないか？　私は、この先の人生を君と過ごしていきたい」

「ばっ、あなっ、な、何を——」

ローズは言葉が出ない。

一体何を言っているんだろう。

自分が清らかだって？

清廉(せいれん)さだって？

そんな自分には似合わなすぎる言葉に、目の前の男は何を見ているんだと疑問符しか浮かんでこない。

それに、君と人生を過ごしていきたいなんて……まるで、まるで……

プロポーズじゃないか。

突然の事態に、ローズの頭の中は混乱の極致だった。

「だ、誰のこと、言ってるのよ！」

「この前も話しただろう？　私は、小さい頃女の子に命を助けられたことがある……それから私は、誰かを助けられる人間になりたいと思っていた。その私の理想を体現しているのが君なんだ。そんな君を心から尊敬している」

「……その子は、そんな大それたことをしたと思ってない……。必死になってただけ」

アルフォンスの言葉に妙なひっかかりを覚えたローズ。

そこで浮かび上がるのは過去の記憶。

自分が小さかった頃、唯一誰かを助けたその記憶と、アルフォンスの言う女の子が妙に重なる。

今まで気にしないようにしていたけれど、きっと、あの記憶の男の子はアルフォンスなのだろう。

そう思って、当時の胸の内を話すと、アルフォンスは目を見開いた。

「まさか……」

「私は、あの時、あなたを助けられたことだけをよりどころにして生きてきた……だから、やっぱりあなたには助けられてばっかり」

「ローズ嬢!!」

途端に大きな声を上げたアルフォンスが、ずんずんとローズに迫ってくる。

「ローズ！　まさか、君があの時の少女だったなんて！　もう運命でしかない！　これで、心は決まったよ！　ローズ！　結婚しよう！　君に、私の妻になってほしい——ぐぎゃん」

気付いた時には、ローズは拳骨を握って、アルフォンスの脳天に振り下ろしていた。

「ば、馬鹿言わないで！　寝言は寝てから言って!!」

突然の事態に、周囲の面々はすっかりあきれ顔だ。ステファニーとナタリーも苦笑している。

「ローズ様……それやっちゃだめですよ？　最悪、不敬罪です」

「いやぁ……ローズ様らしいけど……でも、アリアンヌ様が気を遣ってここから出ていった甲斐がないような」

周囲の面々がざわめいている中、ローズはいたたまれなくなりアルフォンスを肩に担いだ。

「うるさい！　どいて!!」

そう言って、彼女はアルフォンスを救護室に連れていくために食堂から出ていった。

その道すがら、ローズは独りごつ。

「あんな大勢の前で言うことじゃない……なんて答えたらいいかわからないよ」

そんなことを呟きながら、ずんずんと歩いていった。

◆

「やっぱり私は思うんだよ。君もそう思うだろ？　この国の権力者には腐っているものが多すぎる。これをどうにかしなければならない。君はどうしたらいいと思う？」

「あー？　みんなぶっ飛ばせばいいんじゃない？」

「ぶっ飛ばす……か。今まで丸く収めようとしか考えていなかったが……確かにそれもいい手なのかな」

「知らないよ」

ある日の昼下がり。

アルフォンスとローズは、中庭で寝転がっていた。

令嬢が寝転がるなどありえないことではあるが、この学園の者たちはローズのそんな姿をすっかり見慣れてしまい、当然のように受け入れている。

そして、その横に寝転んでいるのはアルフォンスだ。

王太子が寝転がることもありえないのだが、まあ、慣れているのだ。いつものこと、という認識である。

「もし、君が王妃になったら、軍部を率いてもらうのもありかもしれないなぁ」

「はぁ！！？？　馬鹿言うのもいい加減にして！」

「んー、かなり真剣なんだけどな。いい加減、理解してもらえないかな？」

「つい最近までどもってたくせに」

「私も変わるからね……それに、案外君は押しに弱そうな気もしてるんだ」

「っ――」

ローズが横を見ると、そこにはまっすぐにこちらを見つめるアルフォンスがいた。

すぐに視線を逸らしたが、顔が熱くなるのは避けられない。


そんな二人の様子を遠巻きに見ているのは、ステファニーにナタリー、アリアンヌの女子三人組だ。

いい加減見慣れてきた光景を、面白がるような顔つきで眺めていた。

「ローズ様も素直じゃないんだから」

「あの人が素直になったら、とりあえず、この世界の半分は殴られるんじゃないかな？」

「ステファニー様。そういうことじゃありません。いくらなんでも、自分の想いには気付いていると思いませんか？」

「そりゃそうでしょうけど……」

ナタリーとステファニーの二人はそう言いながら、一向に進展しない関係にやきもきしていた。

そんな二人を諭(さと)すみたいにアリアンヌがぽつりとこぼす。

「あれは、あのままの関係が心地よくてやっているんですよ、私にはわかりますわ」

「そうかな？　っていうか、アリアンヌ様はあの光景を見ててもつらくないの？　最近は、席を外すことも少なくなってきたけど」

ステファニーのあんまりな質問に、アリアンヌは大きくため息を吐いた。

「それは、最初はつらかったですわよ？　でも、進展はせずとも想いを交わし合っている二人を見ていると……どうにもほほ笑ましくなってしまって」

「あ！　それわかりますよ、アリアンヌ様！　ローズ様って怒るととんでもなく怖いのに、照れてるところとか、すっごい可愛いんですよね」

「うんうん。同じ部屋にいると、悶えることが多くて本当に困るもの……あ、今度二人とも泊まりに来る？　ローズ様、喜ぶと思うわよ」

「いいですね！　でも、ローズ様『うざい』とか言いそうですね」

「何言ってるの……。嬉しいの裏返しですわよ？　それ」

そう言って笑い合う三人。

その視線の先には、いつの間にかローズに迫っているアルフォンスがいた。

これもいつもの通りだ。

「ああ、そろそろですわね」

「ナタリーさん。一応、救護班を呼んでおく？」

「いいんじゃありませんか？　きっと、勝手にやって来ますから」

三人はそう言いながら、そのまま成り行きを眺めていた。

聞こえてくるのは、焦った様子のローズと、こりないアルフォンスの声だ。

「――私は君のことが好きなんだ！　どうしてわかってくれないんだ！」

「だから、言ってるじゃない！　あなたのそういうところが嫌なの!!」

ローズは叫びつつ、アルフォンスの顔面に拳を叩き込む。

「あぁ、やっちゃった」

「今日は耐えたほうじゃありませんか？」

「あ、救護班来ましたね。あの人たちも大変ですよね。いつもいつも……」

三人の目の前で、アルフォンスが運ばれていく。

ローズは、顔を真っ赤にしてぷりぷり怒っていた。

「それよりも……」

「どうしたの？　ナタリーさん」

「もしあの二人が本当に結婚したら……ローズ様が王妃様になるんですか？」

「げ……」

ナタリーの言葉に、ステファニーもアリアンヌも顔を歪めた。

その未来が訪れてほしくないと思いつつ、友人の想いが届いてほしいとも思う。

三人が複雑な思いでローズを見ていると、彼女はくるりと振り向き鋭い視線をよこしてくる。

「お前ら……聞こえてるんだからな」

ローズはそう言いながら立ち上がり、三人に向かっておもむろに歩き出した。

「まずい!!　ナタリー！　すぐに防壁をはって！　逃げるわよ！」

「私は怒られるからスキルを使えませんわよ!?　もう校舎を燃やして怒られるのは御免ですわ！」

「あ、間に合わない！　とにかく逃げましょう!!」

「待て！　お前ら!!」

逃げる三人と追うローズ。

これもまた、最近よく見る光景だった。

ローズがこの世界に転生してから、ようやく訪れた穏やかな毎日。

彼女の未来はどうなるかわからない。

けれど、きっと立ちふさがる壁をぶち壊しながら、ローズ・シャレットの物理無双は明日も続いていくのだろう。

『怪力』スキルと仲間とともに、未来永劫。

RC
Regina COMICS
大好評発売中！
訳あり
悪役令嬢は
婚約破棄後の人生を
自由に生きる
1~2
Mitsubi Uduki
原作 卯月みつび
Ichino Tomizuki
漫画 冨月一乃
アルファポリスWebサイトにて
好評連載中！
ものぐさ令嬢の奮闘ファンタジー
待望のコミカライズ！
とある理由から、王子との婚約解消を目指していた公爵令嬢レティシア。努力が実を結び、見事（?）婚約破棄を言い渡され一件落着……と思いきや、その直後、彼女に前世の記憶が蘇った！　看護師として忙しく働いていた前世の分も、今世では大好きなお酒を飲んでのんびり過ごしたい。そんな思いから田舎暮らしを始めようとしたけれど、なぜか次から次へとトラブルが舞い込んできて——!?
夢のぐ～たら生活のために…
悪役の私ですが、国を救ってみせましょう。
アルファポリス 漫画
検索
B6判／各定価：本体680円＋税

この作品に対する皆様のご意見・ご感想をお待ちしております。
おハガキ・お手紙は以下の宛先にお送りください。

【宛先】
〒150-6008 東京都渋谷区恵比寿 4-20-3 恵比寿ｶﾞｰﾃﾞﾝﾌﾟﾚｲｽﾀﾜｰ 8F
（株）アルファポリス　書籍感想係

メールフォームでのご意見・ご感想は右のＱＲコードから、
あるいは以下のワードで検索をかけてください。

アルファポリス　書籍の感想

ご感想はこちらから

# 転生令嬢の物理無双

卯月みつび（うづき みつび）

2020年　4月　5日初版発行

編集－反田理美
編集長－太田鉄平
発行者－梶本雄介
発行所－株式会社アルファポリス
〒150-6008 東京都渋谷区恵比寿4-20-3 恵比寿ｶﾞｰﾃﾞﾝﾌﾟﾚｲｽﾀﾜｰ8F
TEL 03-6277-1601（営業）　03-6277-1602（編集）
URL https://www.alphapolis.co.jp/
発売元－株式会社星雲社（共同出版社・流通責任出版社）
〒112-0005東京都文京区水道1-3-30
TEL 03-3868-3275
装丁・本文イラスト－黒裄
装丁デザイン－AFTERGLOW
（レーベルフォーマットデザイン―ansyyqdesign）
印刷－中央精版印刷株式会社

価格はカバーに表示されてあります。
落丁乱丁の場合はアルファポリスまでご連絡ください。
送料は小社負担でお取り替えします。

ISBN 978-4-434-27247-9　C0093